À la vie à l’amour

ROMANE SERDA

À la vie à l'amour

Harper
Collins

HARPERCOLLINS FRANCE
83-85, boulevard Vincent-Auriol, 75646 PARIS CEDEX 13
Tél. : 01 42 16 63 63

www.harpercollins.fr

ISBN 979-1-0339-0441-0

Sommaire

Tous les titres des chapitres font référence à des chansons extraites des albums de Romane Serda. Vous pouvez les retrouver, ainsi que son univers musical, par l'intermédiaire de ce lien et de ce QR code :

www.romane-serda.com/

Longtemps, j'ai cru que je ne pouvais exister que dans le regard des hommes. Un regard qui me renvoyait l'image d'une poupée obéissante et sans défense. Mais cette poupée, ce n'était pas moi.

Petite fille, je n'ai pas eu la chance de me construire dans le moule rassurant d'une famille classique. J'y ai laissé une grande partie de ma confiance en moi. À l'âge adulte, je me sentais incomplète, « pas finie », sans autre intérêt que ma bouille juvénile. Il m'a fallu attendre de devenir mère à mon tour pour me délester de mon carcan de femme-enfant.

Ma vie est jalonnée de rencontres inattendues, d'aventures exaltantes et d'amours déçus. À l'image de la fillette livrée à elle-même que j'avais été, je me suis faite en grande partie toute seule. J'aurais pu être fière de mon parcours de femme mais, jusqu'à la naissance de mon fils, j'étais incapable de mesurer le chemin parcouru autrement qu'à l'aune de mes débâcles sentimentales. J'ai parfois pensé que l'amour des autres me conférait ma valeur, si bien que l'échec de mes relations me fragilisait intimement. Aujourd'hui, je veux raconter ma propre histoire.

Ce livre n'est pas le livre de l'ex de Renaud. C'est le mien. Celui d'une femme comme tant d'autres qui a dû ferrailler contre les préjugés et se relever de bien des trahisons pour devenir elle-même. Une femme libre.

Je ne suis plus dans le schéma : unijambiste gauche cherche unijambiste droit. Ce que je cherchais dans le regard des autres, j'ai fini par le trouver au fond de moi-même, avec le temps, grâce à la force et l'intensité des événements qui ont construit ma vie et, surtout, grâce à mon fils. Désormais, au-delà de tout, je suis une mère comblée. Je suis aussi une artiste épanouie. Je vends moins de disques qu'à l'époque glorieuse de mon duo avec Renaud mais je conçois mes albums et je me reconnais pleinement dans ce que je chante. J'ai quarante-neuf ans, quelques cicatrices au coin des yeux, et mille projets d'avenir. Tout cela me fait prendre conscience que j'ai beaucoup de chance, j'ai acquis une belle confiance en moi et je n'essaye plus de plaire à tout prix. Je sais ce que je vaux, je connais mes défauts et les accepte plutôt bien. Aussi, je connais mes qualités, celles que je ne voyais pas, celles que je n'osais pas voir.

Cette renaissance a pris du temps. Presque une vie. Ma vie.

En écrivant ce livre, je n'ai plus peur de me perdre corps et âme dans ce périple tumultueux. Je me suis enfin réconciliée avec ma propre histoire. Pour regarder devant, il faut parfois commencer par revenir en arrière.

1

Mon envers de moi

L'existence a des pas de danse
Un peu gauches et ça vous la gâche
Oh ! je tangue, oh ! je t'enguirlande
Comme un gosse qui tient jamais en place
Jamais en place…

J'imagine mon père arpentant pieds nus les rues de Paris, hiver comme été. Chemise ample, démarche nonchalante, beau ténébreux, regard de braise sous ses cheveux de suie. Peut-être vient-il de poser comme modèle devant les étudiants des Beaux-Arts ? C'est ce qu'il a trouvé de mieux pour gagner trois sous sans trop se fatiguer. Avec sa gueule de cinéma, il plaît, il le sait. Il s'en fout. Il se fout de tout. Égoïste sublime. J'imagine mon père, parce que très vite il disparaît de ma vie. Je ne le retrouverai que bien plus tard.

Éric Serda, de sang catalan épicé, et Dominique, ma mère, blonde, solaire, aux aïeux mi-danois et mi-bretons – beau mélange ! – se sont aimés puis désaimés à l'apogée des années babas cool. En dépit de leur séparation rocambolesque, mon père a toujours gardé une place à part dans le cœur de ma mère. Enfin, je crois. Peut-être que je me raconte des histoires. Souvent, j'ai l'art de me perdre dans mes rêves pour mieux me raccrocher à la vie.

Ce qui est sûr, c'est qu'à l'hiver 1971 leur amour a accouché d'une fillette prénommée Romane. Petite, je n'aimais pas ce prénom trop différent des autres, trop marginal à cette époque. Mon père aurait voulu m'appeler Lolita, mais ma mère ne le souhaitait pas. Dix-sept ans plus tard, il appellera ainsi ma demi-sœur, conçue avec une autre femme. J'ai donc failli avoir le même prénom que la fille de mon futur époux… Mes parents se sont finalement accordé sur « Romane », et mon père m'en a donné l'origine, un jour où il faisait escale dans mon existence : « L'été, sur une plage de Méditerranée, j'ai croisé une jeune femme sublime qui galopait, seins nus, sur son cheval. Je l'ai accostée, elle se prénommait Romane. Je me suis dit qu'il fallait absolument t'appeler comme ça ! » Super… Évidemment, j'ai retenu cette version et j'ai oublié celle de ma mère qui devait être beaucoup plus inoffensive. Je crois qu'elle aimait beaucoup l'art roman.

L'idylle de mes parents dure une dizaine d'années. Mon père n'est pas le seul à s'éprendre de la beauté lumineuse de ma mère et, alors que je suis toute petite, elle tombe éperdument amoureuse de C. Dans mon souvenir d'enfant, je vois toujours ma mère aimantée à ce nouveau compagnon, offrant tout ce qu'elle possède de force et de tendresse à son histoire d'amour naissante. Leur passion n'est jamais aussi démonstrative qu'en public, et C. ne se prive pas d'embrasser ma mère goulûment devant moi. Sur ce plan, ils sont libérés. Sur ce plan seulement, car l'éducation protestante de mon beau-père l'incite à nous imposer un cadre de vie très strict, qui laisse peu de place à la tendresse. Il me juge « nunuche » lorsque, à huit ans, j'appelle ma mère « maman ». À partir de ce moment-là, ce sera Dominique.

Mais C. est aussi doté d'une grande finesse d'esprit, cherchant toujours à trouver le bon mot. Il est capable de dépenser beaucoup d'énergie pour mettre en scène des situations absurdes. Il s'amuse à nous surprendre, par exemple lorsqu'il tombe dans une piscine tout habillé en faisant mine de ne pas l'avoir vue. Il a même poussé la blague jusqu'à le faire dans le port de Marseille. Ses pitreries deviennent des sketchs mémorables. Il aime provoquer en enfreignant les règles de politesse. Il adore montrer aux enfants toutes les mauvaises manières : mettre le doigt dans le camembert, balancer son assiette dans l'herbe après l'avoir léchée… Cet humour clownesque nous fait toujours rire.

À leurs côtés, je grandis dans un hameau de la Drôme provençale. Ils retapent une grange aménagée où nous vivons à trois, à cinq, à huit, en communauté, baignés de musique pop.

Je grandis au son des Beatles, de Supertramp, des Pink Floyd ou d'Elton John... Des amis viennent aider à la construction de la maison, restent dormir, déballent leur baluchon, parfois pour plusieurs mois. Un simple voile de tissu violet sépare la pièce où je dors de la chambre de ma mère, si bien qu'il m'arrive d'entendre leurs ébats. J'ai alors l'impression qu'ils font comme si je n'étais pas là. Aujourd'hui, je crois plutôt qu'ils étaient eux aussi embarrassés par cette promiscuité, mais ils formaient un couple, ils devaient s'en accommoder.

Après ces présentations hâtives, est-il nécessaire de tourner autour du pot ? Je suis née d'un père qui vomissait les conventions et les contraintes, au point de négliger d'enfiler des chaussures pour marcher dans la ville, et d'une mère qui se consacrait à sa fille et surtout au bien-être de son nouveau partenaire, me rendant témoin de son bonheur conjugal. Comme tous les enfants de parents séparés, j'ai le sentiment d'avoir été une entrave sur le chemin de leur épanouissement personnel. Je suis un rejeton du grand barnum post-soixante-huitard et de la libération sexuelle, et je suis loin d'être la seule. À cette époque, notre mode de vie atypique n'était pas si rare, et du reste, dans les familles traditionnelles comme dans les recomposées, il me semble que les enfants ne faisaient pas l'objet de la même attention qu'aujourd'hui.

Sans vraiment m'en rendre compte, il m'a fallu travailler toute ma vie pour recoudre les lambeaux de personnalité éparpillés dans cette enfance solitaire. Je crois y être parvenue tant bien que mal, notamment à travers mes relations avec les hommes, même si quelques cicatrices sont encore visibles.

J'ai six ans, ou peut-être sept. Pour me faire aimer, je suis prête à tout, même à travestir mon être profond. D'ailleurs, ce trait de caractère ne m'a jamais lâchée, précipitant refoulements, amertume et fiascos amoureux. Pourquoi est-il si difficile de devenir ce que l'on est ? En attendant, sur les chemins qui bordent le hameau, je me balade en roulant mes épaules chétives, les cheveux longs, blonds, libres au vent, alors que mon beau-père répète que « les filles, c'est nul, c'est nunuche… » Manque de pot, lors d'une première union, il a donné naissance à deux filles. Sophie et Marion. Avec moi, ça lui fait trois « nunuches », comme il dit. J'aurais pu le détester mais ce n'était pas le cas. Ce n'est pas toujours simple pour un enfant de développer des sentiments filiaux envers une personne qui a cette propension à occuper toute la place, y compris dans les bras de sa mère. Dans mon regard de petite fille, il me semble géant. Il me fait parfois peur. Il suffit qu'il entre dans une pièce pour capter toute l'attention grâce à son physique impérieux et à son verbe revêche. Ses sentences sifflent comme des guillotines. Il lance régulièrement des piques ravageuses et accusatrices sous forme d'humour. Peu de gens trouvent grâce à ses yeux si ce n'est la compagne qu'il s'est choisie.

À cette époque, je suis très complexée car je me trouve squelettique. C. n'hésite pas à dire qu'il n'aime pas les femmes maigres et, si ses remarques me révoltent, elles n'en affectent pas moins ma confiance en moi. En réalité, je cherche à me fondre dans le décor, aussi discrètement que possible. En cachette, j'avale des mètres de tartines de beurre et j'y ajoute du sel ou du sucre pour essayer de remplir mon pantalon. Je préférerais me gaver de confiseries mais c'est mal vu à la maison, car nous sommes « macrobio » avant l'heure. En guise de bonbons, j'engloutis des cuillères de miel de nos ruches et des poignées de cristaux de sucre de canne candi que je fais fondre lentement sur ma langue. Dans ma situation, ce sont les seules sucreries que je peux m'accorder.

Un soir, alors que ma mère est partie travailler, j'entends sa voix qui retentit dans la cuisine.

« Hé, Romane, tu préfères qui ? »

Il ne mesurait probablement pas la portée de cette phrase anodine, qui allait pourtant résonner en moi profondément.

— Comment ça, je préfère qui ?

— Tu préfères ton père ou tu me préfères, moi ?

— Euh… Mon père, je crois.

— Et entre ta mère et moi, tu préfères qui ?

— Euh… Ma mère, quand même.

Je revois son visage impassible, avant qu'il se lève pour se diriger à pas de géant vers la porte d'entrée. Alors je crie : « Non,

non, c'est pas vrai, c'est toi que je préfère ! » Puis j'attends son retour. Je ne suis plus qu'une petite chose roulée en boule. Je me sens seule au monde, collée au berger allemand Jim.

Aujourd'hui, je me rends bien compte que sa position de beau-père était certainement inconfortable et que, par cette simple question, il cherchait l'affection que je ne savais pas lui offrir. Depuis, le temps nous a rapprochés, il a su m'apporter la stabilité d'une famille soudée.

C. n'était peut-être pas le beau-père rêvé pour une fillette en mal de reconnaissance et de câlins mais, bien plus tard, j'ai compris d'où venait ce rigorisme que je lui ai parfois reproché et réalisé qu'il faisait probablement ce qui lui semblait juste. Lui-même avait traversé une enfance difficile : à cause de la guerre, sa mère l'avait élevé seule avec ses cinq frères et sœurs. Une éducation à la rude, où l'empathie et les effusions n'étaient pas vraiment de mise. Pas de temps à perdre avec les cajoleries pédagogiques et les problèmes de fillettes. Il s'est forgé avec l'idée que le monde est injuste et que seuls les plus forts s'en sortent. Je dois reconnaître qu'il m'a transmis des capacités non négligeables : savoir prendre du recul, ne pas me prendre au sérieux, rester rigoureuse, combative, et cultiver en moi l'idée que tout est possible.

Ma force, je la puise aussi dans l'environnement paradisiaque dans lequel je grandis. Au fil des années, cet écrin sauvage niché dans une vallée de la Provence, flanqué de petites montagnes où abondent les animaux sauvages, est devenu un haut lieu du tourisme rural. Mais à l'époque, cette région était très calme et isolée.

Je repense aux odeurs de mon enfance, et mon modeste bagage d'innocence, mes jeux, mes joies, remontent en moi comme dans un rêve. Chaque matin, quand la rosée se dissipe, le jour naissant se parfume de mille senteurs d'herbes folles, d'épines de pin, de thym, de mûres sauvages… Avant de partir à l'école, je me rassasie de cet air pur comme du cristal. Je gonfle mes joues, je remplis mes poumons. Je fais des provisions pour mieux endurer la journée qui s'annonce, cloîtrée, à l'étroit entre quatre murs. Déjà, j'ai besoin des grands espaces, des horizons sans fin. Je m'y sens libre, heureuse, délestée de mes complexes et de mes idées de liberté. Devant chez nous, un tilleul centenaire dresse son ombre rassurante, des bottes de foin et de lavande sèchent en contrebas de la ferme voisine. L'été, dans l'air étouffant, le chant assourdissant des cigales scande chaque instant de mes vacances aussi sûrement que le tic-tac d'une horloge. Je joue comme un garçon manqué. C'est quoi une fille, si ce n'est un garçon pas tout à fait réussi ? pensais-je alors. Je ne sais pas pourquoi je tenais tant à ce qu'on ne me prenne pas pour une « fifille ». Peut-être parce que ma mère, belle naturellement, était assez éloignée des injonctions de la féminité, ou parce que mon beau-père disait qu'il n'aurait voulu que des garçons et méprisait ouvertement les « nunuches ». Marion, la fille cadette de mon beau-père a trois ans de plus que moi et je la considère comme ma « vraie » sœur. Elle ne bénéficie d'aucun traitement de faveur de la part de son père et, du haut de sa jugeote de grande, je sais qu'elle partage avec moi le sentiment d'être une passagère clandestine dans la romance de nos parents. Dans le secret de nos confidences, ça nous rapproche.

Être forte. Déjà. Ne rien montrer. Encore et toujours. À l'abri des regards, on se donne du courage et on s'endurcit le cuir. On marche pieds nus sur les cailloux brûlants et l'on fait des concours pour voir celle qui a le plus de corne sous les pieds. On s'entraîne à dévaler la petite route qui jouxte la maison sur un tracteur d'enfant, les joues rougies par l'aventure, la tête et les mains anesthésiées par les vibrations du guidon sur les graviers. Quand on passe l'après-midi au bord d'un ruisseau rutilant sous le soleil, ce n'est pas pour prendre des poses de mini-miss en maillot de bain. C'est pour glisser sur les marnes qui le surplombent comme sur un toboggan géant de fête foraine. De plus en plus haut, de plus en plus vite. Parfois, on décide de jouer aux agents secrets en passant par les sentiers que les sangliers sillonnent la nuit. Nous deux en mission contre le reste du monde, soudées par un pacte indélébile. C'est un peu ça, notre vie. Et puis, c'est plus marrant de se prendre pour James Bond que de parler à sa poupée. Alors, on se planque, on fait le guet. Mais on n'arrive jamais à espionner qui que ce soit.

Le problème, c'est que la moitié du temps Marion habite chez sa mère, à une centaine de kilomètres de nos frissons et de nos fous rires. Lorsqu'elle est absente, ça fait un sacré vide. Je n'ai plus que l'ennui pour me tenir compagnie, car en dehors de l'école, je n'ai pas un emploi du temps de ministre. Il faudrait que je m'intéresse davantage à nos poules naines, mais elles me paraissent un peu ridicules, dans cet éden où les sangliers font la taille de rhinocéros. J'aide parfois ma mère à faire le pain et le beurre, qu'elle prépare elle-même. Pour le beurre, il suffit de secouer un bocal de lait pour le transformer en petit-lait, le tout en dansant sur les vinyles des Stray Cats ou des Stones. À quoi d'autre pourrais-je m'occuper ? Il reste encore les mouches... Comment oublier les mouches ! Il y en a toute une escadrille qui vole dans la cuisine. Il paraît que c'est à cause des chevaux, des chèvres et des moutons qui paissent dans le champ d'à côté, ça les attire. Avec les mouches, on peut jouer des après-midis entiers. Je me poste près de la fenêtre et je ferme les yeux jusqu'à ce qu'elles cessent de vibrionner. Je me concentre et j'essaye de deviner combien il y en a, scotchées contre la vitre... Trois ! Sept ! Neuf ! C'est dingue mais je gagne presque à tous les coups. Je commence à croire que j'ai un don. Si ça se trouve, j'ai des pouvoirs extralucides. Plus tard, peut-être que mes dons de voyante me rendront célèbre.

2

Ailleurs

Sans transition, sans violon
Le temps est à l'action, grand frisson

Quand j'ai pris la décision de me séparer de Renaud, j'ai beaucoup pensé à mes parents. Ce n'était pas ma préoccupation majeure, bien sûr, mais comment ignorer la fatalité quand elle frappe avec une telle constance au fil de trois générations ? Y a-t-il un déterminisme supérieur à notre volonté qui nous contraint à reproduire jusqu'à la fin des âges les mêmes errements familiaux ? Certes, on ne pouvait plus continuer comme ça. J'avais consumé mes dernières forces à vouloir protéger et faire grandir deux enfants sous le même toit : l'un de quatre ans, rieur, lumineux, et l'autre de soixante, esclave de ses pensées lugubres dans lesquelles je n'avais plus ma place, totalement désarmée de ne pouvoir aider l'homme que j'aimais. Tristement, je m'en remettais à l'évidence.

Quel que soit le bien-fondé de ce dénouement, le scénario semblait écrit d'avance. À l'image de la fillette que j'avais été, une trentaine d'années auparavant, je reproduisais ce schéma. Tout ce qui m'était arrivé, à l'époque, n'était déjà que la réplique approximative de l'histoire de ma mère qui, elle, n'avait quasiment jamais connu son géniteur. Certains sont cordonniers de père en fils, nous sommes quant à nous une dynastie d'enfants restés à quai et de figures paternelles en pointillé.

Bien sûr, j'aurais voulu être la première à briser la malédiction. Jamais, ô grand jamais, je n'avais pensé que moi aussi… À quoi bon se lamenter ? En vérité, j'ai le sentiment que je n'avais pas le choix. Il fallait, tous les trois, qu'on se sauve, dans tous les sens du terme. Il le fallait pour Malone, pour moi, pour Renaud aussi. Sinon, on allait droit dans le mur. Ça faisait même un moment qu'on avait le pied sur l'accélérateur. Mais c'est une autre histoire. Enfin, presque.

Au commencement, donc, ma mère : Dominique est élevée par ses grands-parents en Bretagne depuis l'âge de deux ans. Sa mère, Yvette, est partie chercher du travail à Paris tandis que son père, Georges, s'est exilé à l'étranger où il a disparu de sa vie. Il ne lui laisse que son nom de famille. C'est ensuite à onze ans qu'elle retournera vivre avec sa mère à Paris. Mais la distance s'est créée…

Elle quitte le collège en troisième, comme moi des années plus tard, et suit désormais une formation accélérée de secrétariat. À dix-sept ans, avec son look naturel, elle séduira mon père, à son insu.

Il est là, au fond du café, brun, grand, espagnol catalan, cerné par toute une cour d'apprentis comédiens et de jeunes femmes. Éric, mon père. Il y avait autant de chances qu'ils se rencontrent que de probabilités pour qu'une météorite s'écrase au cœur de Saint-Germain-des-Prés. Leurs deux mondes semblent si éloignés.

Dominique ne perd pas une miette de la conversation de la petite troupe du fond. Il est comédien. Si elle a bien compris, il fait une apparition dans une pièce qui se joue au théâtre voisin du Vieux-Colombier. Un artiste, elle en était sûre ! Avec ses mèches sombres qui coulent sur son front, ses traits virils dessinés au fusain, Éric prend toute la lumière. Elle a dix-sept ans et elle en est déjà folle amoureuse.

Tout cela, bien sûr, c'est ma mère qui me l'a raconté, je n'ai jamais eu ce genre de conversations avec mon père. Je connaissais leur histoire à grands traits mais, quand j'ai décidé d'écrire ce livre, j'ai ressenti le besoin d'aller plus loin avec elle. Le récit de sa jeunesse m'a troublée parce que je n'ai eu aucun mal à me mettre à sa place. Il y a tant de choses qui résonnent en moi : l'enfance livrée à elle-même, les beaux-pères omniprésents, la scolarité erratique, l'estime de soi proche du néant, la quête du grand amour et de l'homme providentiel... Jusqu'à la première rencontre dans un café : comme moi avec Renaud, c'était à la Closerie des Lilas... J'écris ces phrases, mon imagination galope. C'est sa vie. Et c'est déjà un peu la mienne.

Il a huit ans de plus qu'elle et on dirait qu'il a déjà vécu mille vies. Il lui raconte sa jeunesse pleine de voyages et de rebondissements, ses aïeux catalans, son enfance en Nouvelle-Calédonie, ce père violent qu'il a fui en s'engageant dans la Marine. Il égrène des noms de ports exotiques d'une voix blasée. En même temps, il a envie d'écrire un roman pour y coucher sa vision de la société, il s'y sent tellement à l'étroit... Elle est grisée par tant de fantaisie. Mon père est si beau, si fou, si libre. Le premier homme de sa vie.

Très vite, le couple s'installe rue du Cherche-Midi, dans un minuscule appartement qu'Éric partage avec un ami comédien. Il se sent de plus en plus l'âme d'un photographe. C'est à cette époque qu'il se met à arpenter les rues de Paris, à la recherche du bon cliché. Dominique travaille comme secrétaire pour une grande émission à la Maison de la radio.

Avec son seul salaire, ils n'ont pas assez d'argent pour se chauffer, se nourrissent de cafés au lait et de tartines, sortent tous les soirs. En un mot comme en cent, c'est la belle vie. D'autant que le vent léger de Mai 68 commence à souffler.

Ils sont de toutes les manifs. L'imagination et la liberté leur vont comme un gant, surtout à Éric…

L'état de grâce se poursuit encore pendant plusieurs années. Après ma naissance, nous partons habiter à L'Haÿ-les-Roses. Éric est désormais photographe de plateau sur quelques tournages. Mais la plupart du temps, il passe ses journées à me garder et à griffonner le premier chapitre de son grand projet. Comme mes pleurs de petite fille le déconcentrent, je finis chez une nourrice. Lorsque les filles de celle-ci, deux fois plus grandes que moi, sont présentes, elles m'obligent à me coller le visage face au mur, me couchent et m'enferment dans une chambre pendant des heures. Leur mère cuisine tout le temps, je crois qu'elle ne voit rien, mais ses filles me tyrannisent.

Cependant, la vie de famille est idyllique. Le soleil scintille dans les eaux turquoise d'une crique perdue sur les rivages de la Méditerranée. Un coin de paradis inaccessible par la route où nous passons tout un été, mes parents et moi, nus. Sur cette plage secrète du Var, nous vivons comme les premiers hommes au cœur de la nature intacte. Mes parents assurent le ravitaillement en produits de base à l'aide d'un canoë. Mon père fabrique un four en pierre, un banc et une table avec des tronçons de bois échoués sur les galets. Nous dormons sur la plage. Eux, à la belle étoile, dans un lit de sable et de coquillages. Moi, dans une tente. Mes parents s'aiment.

Et moi aussi, je les aime. Il n'y a personne pour nous juger, personne pour nous voler ces instants-là. C'est notre histoire à tous les trois. Cet été, où mon père donne à voir le meilleur de lui-même et où son bonheur irradie le cœur de ses proches, me brûle encore. Ces moments de grâce sont désormais ancrés pour l'éternité puisque, il y a quatre ans, nous avons dispersé ses cendres, avec ma mère et la nouvelle famille de mon père, près des vestiges du petit four en pierre, loin du tumulte et de la civilisation. Avec des galets assemblés sur un récif, en forme de cairns. Nous avons échafaudé une sorte de mémorial funéraire qui ne ressemble à rien de connu. Ça lui ressemble à lui. Va, Éric… Va en paix, papa.

Plus tard, mes parents envisagent de quitter la région parisienne. Ils rêvent d'une existence plus rustique. Pendant des mois, nous explorons la Drôme, la Lozère, les Cévennes, avant qu'ils jettent leur dévolu sur un hameau de pierres sèches niché dans les premiers replis des contreforts des Alpes, à mi-chemin entre Valence et Avignon. Mon père se lie d'amitié avec un maçon qui se fait fort de lui apprendre le métier. Son âme de vagabond semble en accord avec le monde qui l'entoure.

Mes parents ont déniché une ruine sur les pentes du col de Venterol, où ils comptent bâtir notre future maison. Avec ma mère, nous habitons toujours à L'Haÿ-les-Roses, mais certains week-ends, nous rejoignons mon père dans le Sud.

Elle aussi rêve d'un nouvel élan, d'un nouveau départ. Elle sait déjà qu'ici rien ne sera plus comme avant. C'est dans la joie de cet avenir radieux qui s'ouvre à nous que nous sommes invités à la table de leur ami maçon. Un grand brun, barbu, fait partie des convives. Il s'appelle C. Et quand Éric parle de la bergerie qu'il compte rénover, C. lui propose de l'aider à trouver un autre endroit, car son projet lui semble compliqué à réaliser. La deuxième vie de mes parents n'a pas commencé qu'elle est déjà finie.

J'imagine que ma mère voulait désormais se reposer sur une épaule fiable. Elle a trouvé ce qu'elle cherchait : on ne fait pas plus réconfortant que C. J'ai trois ans, ma mère vit son nouvel amour au grand jour, et mon père se réfugie dans l'indifférence. Il est comme ça, il plane, comme personne. Comme ce jour où, parti acheter des cigarettes, il m'a laissée dans la voiture tout un après-midi. Heureusement, C. et ma mère passaient par là et m'ont récupérée en pleurs. Sinon, j'y serais encore.

Ce sentiment d'insécurité est resté profondément ancré en moi. Je pense ne pas mériter d'attention. Ne pas être digne d'intérêt. Je ne m'en rendais pas compte, étant enfant, mais plus tard ces souvenirs ont posé un éclairage sur tout ce qui a suivi : mes peurs, mes craintes, mes doutes et remises en question.

Très vite, avec ma nouvelle famille, on part vivre en Algérie. Pour mon plus grand bonheur, les filles de C., Marion et

Sophie, nous rejoignent pendant les vacances. Là-bas, je collectionne mes premiers souvenirs d'enfance. À commencer par les odeurs d'épices et la mélopée lancinante du muezzin qui s'élève dans le crépuscule.

— Maman, qu'est-ce qu'il chante, le monsieur ?

— Il raconte qu'il est tard et qu'il est l'heure d'aller te coucher…

Je me souviens de mes copines algériennes qui portent toutes des tongs ornées d'une marguerite – le must, à mes yeux ! – et des élèves de l'école, où j'effectue ma première année de maternelle, qui me touchent les cheveux comme s'il s'agissait d'un talisman. Je suis la seule blonde de l'établissement, et ma mère elle-même finira par se teindre en roux pour avoir la paix.

J'ignore où mon père a posé son sac, je ne l'ai revu qu'une seule fois, je devais avoir huit ou neuf ans. J'étais seule à la maison quand il a surgi à l'improviste : « Allez, viens, je t'emmène passer l'après-midi au bord de la rivière ! » Il fallait voir la tête de ma mère quand je suis réapparue à la nuit tombée, en lui disant que j'étais avec lui…

3

Mon carnet de velours

Dans mon carnet de velours
J'ai collé quelques images
Découpées avec amour
Dans des livres d'enfant sage

Dans mon carnet de velours
J'ai mis un peu de ma vie
Les images de toujours
Et surtout la nostalgie

Loin de mon père, ma nouvelle vie se met en place. Dans notre maison, il y a de la place pour tout le monde et pour personne. Au retour d'Algérie, on cohabite parfois avec des ouvriers qui travaillent sur le chantier, et les conditions de vie sont spartiates. Outre les voilages qui séparent les pièces, il n'y a pas de toilettes. Accoudée à une planche posée sur des tréteaux, faisant office de table, je me retrouve le nez dans mon assiette, à écouter les discussions de types qui portent la barbe jusqu'au nombril.

Ces invités temporaires me fascinent autant qu'ils me font rire. Il y en a un qui s'appelle Christian et qui n'a pas dû toucher un rasoir depuis l'âge de son premier duvet. Un type poilant, vraiment. Le matin, quand je pars à l'école, je l'aperçois, perché sur le toit de la grange, en train de faire du yoga. Parfois, il s'accroche aux poutres et il traverse toutes les pièces comme ça, à la force des bras, en poussant des cris de singe pour rire. Un jour, il a débarqué chez nous et n'en a plus bougé pendant des années. Il y a aussi une Odile, dont le prénom m'intrigue, une femme un peu déprimée, qui passe ses journées à faire du patchwork. À défaut de m'enfermer dans ma chambre, puisqu'il n'y a pas de porte, je me calfeutre dans mes rêveries. Quand Marion n'est pas là, je m'invente des amis imaginaires. Je leur parle tout haut : « Benoît, tu sais bien qu'on n'a pas le droit de toucher à la musique ! » Dans le secret de mes pensées, je me venge des injustices que je subis. Mais ce monde-là n'existe que dans ma tête.

Si ce mode de vie peut sembler contraignant, il n'y a pas que des inconvénients à vivre ainsi. Je perçois déjà que le peu d'attention que j'ai la sensation de recevoir est contrebalancé par l'extrême liberté que cela me procure. D'accord, je n'ai pas le droit de toucher à la chaîne hi-fi et je dois me faire le plus discrète possible, mais, du moment que je n'empiète pas sur l'idylle des parents – car il faut bien que je finisse par les appeler comme ça –, tout m'est permis ou presque. Je peux passer l'après-midi dans la cuisine, marcher sur les routes, faire des ricochets dans la rivière. Le seul mot d'ordre, c'est de rentrer en un seul morceau.

Puisque j'ai le choix, je ne me brosse pas souvent les dents. J'ai sept ou huit caries, ce qui me vaut d'être une star à l'école. Parfois, nous faisons des concours pour savoir qui a les dents les plus sales. Après avoir gratté nos incisives, on compare la quantité de dépôt blanchâtre coincé sous nos ongles. Je bats tous les records. Les copines n'en reviennent pas. Je suis trop fière de moi.

Tant qu'on est à l'école, je ne me sens pas trop différente d'elles, en dépit de mon enfance un peu marginale. Où ça se complique, c'est quand l'une de mes amies vient pour dormir à la maison. J'ai déjà parlé des étreintes des parents juste derrière le rideau qui sépare ma chambre de la leur. Moi, je n'ai pas l'oreille chaste, je suis rodée, mais j'imagine que ce n'est pas le genre de berceuse que les autres enfants ont l'habitude d'entendre avant de s'endormir. C'est un peu gênant, mais j'essaye néanmoins de dédramatiser la situation auprès de mes copines. Et ça devient une plaisanterie entre nous. En revanche, lorsque je me rends chez elles, je me rends bien compte que je suis un cas à part. Dans leurs maisons, c'est dingue, les murs sont droits, les robinets coulent quand on leur demande, il y a des fours avec des quiches ou des gâteaux qui cuisent dedans. Au passage, je crois que je fais vraiment une fixation sur les quiches. Je ne sais pas pourquoi mais, à mes yeux, la quiche est le symbole ultime d'une vie de famille idéale. Chez nous, on mange des produits frais, des légumes du jardin, les œufs de nos poules, mais surtout des pâtes.

Aujourd'hui, j'ai conscience que j'avais beaucoup de chance de vivre dans des endroits aussi authentiques, construits avec le temps, manuellement, tout doucement, avec les moyens du bord, dans une recherche esthétique. Nous ne vivions pas entre des murs de Placo, tirés au cordeau, impersonnels, banals, uniformes, sans âme. Enfant, j'aurais voulu ressembler aux autres, me sentir à ma place parmi eux, et non en marge. À présent, je sais que mes fortes aspirations sont nourries de ces racines originales et singulières.

Je passe souvent les vacances scolaires chez ma grand-mère, à Paris. J'ai beaucoup d'affection pour ma grand-mère Yvette, qui préfère se faire appeler Juliette, par coquetterie, et qu'on surnomme Juju. C'est une très jolie femme que les gens comparent souvent à l'actrice Danielle Darrieux, la beauté fatale du cinéma. Elle vit avec René, que je considère comme mon grand-père, et qui travaille dans son atelier de réparations de juke-box et flippers. Elle me choie de toutes les attentions.

Juju m'emmène faire du shopping pour m'habiller de pied en cap et, avec elle, je prends le métro en première classe. Elle cuisine un riz au lait sublime. Avant de me mettre au lit, elle me donne une cuillerée de Nutella. J'adore ça et, en plus, c'est bon pour mes concours de caries. Mais mon plus grand bonheur, chez elle, c'est de regarder la télévision. À l'école, je me sens souvent larguée auprès de mes copines, qui n'en ont que pour *Ulysse*, *Goldorak*, *Candy* ou *Casimir*. Je suis une des seuls enfants à ne pas avoir de télévision, et cela m'exclut parfois de certaines discussions. Chez mes grands-parents, je me rattrape. Je me gave d'émissions pour enfants, de dessins animés, de ritournelles à deux balles. Vitrifiée devant l'écran, je fais des provisions d'innocence pour le restant de l'année.

Quand je suis en vacances avec Juju, dans son appartement parisien ou dans la maison de campagne de René, en Lozère, toutes les choses sont organisées autour de moi. En revanche, lorsqu'elle tente de me serrer dans ses bras, je me dégage. Et pourtant, j'ignore tout de son histoire passée avec ma mère. Quand on se balade dans la rue, elle me prend à témoin : « Tu vois ! Ce petit garçon, lui, il va dans les bras de sa grand-mère... » Comme si c'était du donnant-donnant. Tiens, Romane, je comble tes carences affectives et, en échange, tu me renvoies l'image d'une personne au grand cœur. Si je vais dans ses bras, j'ai peur qu'elle m'étouffe. Je ne suis pas éduquée pour la sollicitude. L'excès de tendresse me perturbe autant que son absence. Au fond, c'est peut-être moi qui ai un problème avec les sentiments. Mon cerveau ne sait pas dans quelle case les ranger.

La Lozère est moins dépaysante que Paris, mais mes grands-parents sont toujours aux petits soins. J'ai un vélo gris métallisé flambant neuf et une copine qui vit dans le même hameau, Sandrine. Et il y a Yves, le fils de paysan de la maison juste à côté, qui a déjà du poil au menton, autant dire presque un homme pour des gamines d'à peine dix ans. Dans une cabane près de la route, ils aiment bien jouer au docteur. Yves insiste pour que je me joigne à la fête : « Viens, je te tripote un peu, tu vas voir, c'est rigolo… » Ah non ! Je n'ai aucune envie de jouer les cobayes. Je refuse systématiquement. Le reste du temps, Yves est un joyeux compagnon. On se balade à vélo, on tape dans le ballon ensemble. Tous les trois, on forme une sacrée équipe. C'est juste que ma culotte n'est pas un terrain de jeux.

Un jour comme les autres, il me propose de venir jouer chez lui, à la ferme. Il m'emmène dans une grange où il y a des vaches et, à l'étage, des gros ballots de foin. On grimpe à l'échelle. À peine arrivés là-haut, il me saute dessus, arrache la fermeture Éclair de mon short et tente de me pénétrer. J'ai le souffle coupé, le cerveau paralysé. C'est si soudain, si violent que je ne réagis pas tout de suite. Il entre une fois en moi, je me débats, je crie et, dans la bagarre, il ne peut pas s'enfoncer davantage. Je crois… Ce moment me semble interminable. Reprenant mes esprits, je l'envoie rouler sur le côté, dévale l'échelle et m'échappe. Mon premier réflexe est de courir raconter ce qui m'est arrivé à ma copine. À neuf ans, j'ai conscience que ce qui vient de se passer n'est pas normal, même si je ne perçois pas entièrement la gravité des faits, ni les dégâts psychologiques qui peuvent en découler. Je suis surtout très énervée contre lui. Pour me venger, Sandrinc et moi, on enfourche nos vélos et on se pointe devant sa ferme en criant haut et fort toute cette colère, afin que son père entende : « Yves est un obsédé sexuel… Yves est un obsédé sexuel… » Et on passe et on repasse, dix fois, cent fois, en s'époumonant : « Yves est un obsédé sexuel… »

En lui faisant honte publiquement, j'ai l'impression de lui rendre coup pour coup. À mes yeux d'enfant, l'affaire est close. Il a payé. Mais comme René nous a entendus crier, je suis obligée de lui confier ce qu'il s'est passé. Par la suite, à chaque fois que je reviendrai en vacances, le fils du fermier sera cantonné chez lui par ses parents. Avec Sandrine, nous sommes même un peu tristes pour lui. Je me sens honteuse de lui infliger ça. Je me remets en question alors que je devrais marcher tête haute devant chez lui. Rien n'y fait, j'ai trop de compassion. Voici ma première rencontre avec l'oppression masculine. On parle des agressions ou abus sexuels entre adultes et enfants, mais on ne parle guère de celles entre enfants.

Aujourd'hui, je ne lui en veux plus, je sais que ses hormones devaient le déranger sérieusement, et qu'il n'avait pas le recul nécessaire pour prendre la mesure de ses actes. Reste que, dès le plus jeune âge, je constate que les hommes ont l'air de prendre le corps féminin pour acquis. Cela vaut aussi pour les adultes qui se permettent de me faire des papouilles avec leurs grosses pattes, sous prétexte que je suis une enfant. Le voisin du village, par exemple, qui nous emmène certains matins à l'école avec sa fille en profite, tout en conduisant, pour nous faire des guili-guili sur les cuisses et les genoux, à Marion et moi. Je préfère encore m'y rendre à pied même s'il faut marcher trois quarts d'heure. C'est peut-être injuste, mais à cette époque je mets tous les hommes dans le même panier. Je ne sais pas si les autres fillettes vivent la même chose, ou si c'est l'atmosphère d'hypersexualité dans laquelle j'ai toujours baigné qui fait de moi une personne à fleur de peau. Une chose est sûre : mon histoire avec les hommes ne s'annonce pas de tout repos.

Encore aujourd'hui, je ressens cette pression du désir en permanence. Je me rends compte que mes relations avec les hommes ont très tôt été teintées de méfiance. Je n'ai jamais été la femme d'un soir, car j'ai toujours eu cette nécessité d'instaurer un climat de confiance, un romantisme, une douceur. J'éprouve un besoin fondamental de faire monter le désir, de palpiter, de vibrer intensément. Les petites histoires mièvres ne m'intéressent pas.

Si les rapports humains sont parfois difficiles, en revanche, le contact avec les animaux m'apaise. J'aime leur côté farouche, ils me ressemblent. Notre voisin le plus proche a monté un ranch rempli de chevaux, et ce club équestre s'avère une bénédiction dans ma vie souvent solitaire. Avec toutes nos économies et l'aide de mon beau-père, ma sœur et moi lui achetons une vieille jument. Tybur, une Camarguaise dont la robe blanchit d'année en année. Avec Marion, on la cajole, on la nourrit, on la promène dans les pâturages. Mais on la monte peu, pour ne pas la fatiguer. L'été, je galope à cru d'autres chevaux, juste vêtue d'un maillot de bain. À travers champs, le vent siffle à mes oreilles, je file à toute vitesse, seule contre tous, comme une amazone invincible. Dans ces moments-là, je suis la petite fille la plus libre et la plus heureuse du monde.

Tybur finit par mourir d'une maladie transmise par les moutons. Forcément, elle dormait avec eux dans notre cabanon qui faisait office d'écurie et d'étable. Sa disparition laisse un grand vide dans mon cœur. C'est l'un de mes premiers chagrins d'enfant. Je m'efforce de cadenasser ma tristesse pour ne pas prêter le flanc aux railleries de mon beau-père, qui réagit au moindre accès de sensiblerie. Je dois également dissimuler mes failles lors des devoirs : surtout, ne pas lui montrer qu'on ne sait pas. Au début, avec Marion, il nous arrivait de lui demander de l'aide, mais ça se terminait presque systématiquement en tournée de baffes. Pas la petite gifle tranquille de père de famille, non, la bonne grosse baffe de chef de chantier qui nous laissait une empreinte écarlate sur les joues pendant longtemps. Comme on s'entêtait à devenir dures au mal, j'en avais même fait un motif de fierté : à celle de ma sœur ou de moi qui porterait la marque le plus longtemps possible. Et puis, un jour, j'ai arrêté d'aller le voir avec mes problèmes de calcul. Tant pis pour mon carnet de notes.

Refréner mes faiblesses ne me rend pas forcément plus forte. À l'extérieur, j'ai le cuir tanné mais, au fond de moi-même, je sais bien que je triche. Je suis pleine de failles et de non-dits. Je rêverais de voir ma mère prendre mon parti, même si je devine qu'elle le fait lorsque je ne suis pas là. Je me dis que, dans l'intimité, le soir, sur l'oreiller, elle essaye peut-être de le raisonner. Je n'ai aucune peine à imaginer leur dialogue de sourds. « Tu y vas fort quand même avec la petite… »

En écrivant ces lignes, je sais que je ne suis pas tendre avec mon beau-père, mais l'âge aidant, j'ai compris qu'il m'aimait autant que ses propres filles. Or quand il aime, on pourrait croire qu'il déteste. Il nous impressionne tellement qu'un jour Marion et moi n'osons même pas le prévenir d'un début d'incendie en contrebas de la maison. Il s'est déclaré dans cette excavation où ils avaient l'habitude de déverser des résidus de chantier, et nous ne savons pas s'il est maîtrisé ou non. Des flammes commencent à monter vers le ciel dans une forte odeur d'huile et de plastique cramé. Le feu de joie au loin se transforme en brasier et, nous, on reste là, à le regarder de notre chambre, comme deux idiotes :

— Tu y vas, toi ?

— Pourquoi moi ?

— Bah ! Moi aussi, pourquoi moi ?

— Bon, laisse tomber, ça va encore nous retomber dessus...

Finalement, c'est l'épaisse fumée noire qui alerte mon beau-père.

Nous, on est déjà parties se planquer.

Autant dire qu'à l'école le respect dû à l'institution et aux enseignants ne m'impressionne guère contrairement à la maison. Je rêvasse plus que je n'apprends. À l'école du village, toutes les classes du CE1 au CM2 sont réunies dans la même salle. La maîtresse jongle avec les programmes et multiplie les allers-retours entre les rangées d'élèves. Mon occupation favorite, c'est de me faire punir et de me retrouver au piquet du côté de Marion qui, elle, est en classe avec les grands.

Ma table est située contre une baie vitrée qui ouvre sur la campagne et sur l'Eygues, la rivière qui traverse le village. Je me perds dans mes contemplations. Je rêverais que mon père surgisse en plein cours pour me tirer de là, comme ce jour mémorable que nous avons passé au bord de l'eau. Une sorte de fantasme du père Zorro qui viendrait me délivrer. Lorsque la cloche sonne, le rêve se déchire. Mais si je le convoque au gré de mes rêveries, c'est surtout parce qu'il incarne l'opposé de l'autorité. C'est une figure parentale anticonformiste, un libre-penseur, allergique comme moi à la contrainte. Sur le moment, je n'ai pourtant pas l'impression de souffrir de son absence. Je ne demande pas de ses nouvelles à ma mère, car je me rends bien compte que le sujet est tabou et je ne veux pas la contrarier. Comme souvent, je verrouille mes sentiments au fond de moi pour continuer à vivre. Je n'ai pas le choix.

Plus tard, je noircis les pages d'un cahier intime, mon unique confident : « On se lève, ensuite, on travaille, on travaille, on travaille. Et puis on va se coucher. Bien obligé. Mais il faut savoir que toute ta vie va ressembler à ce jour-là : travailler, travailler, travailler… » J'avais du mal à rester enfermée en classe. Je redoutais une vie rythmée par le travail.

J'avance dans ma scolarité comme une somnambule. Je ne vois pas l'intérêt d'ingurgiter tout ce savoir prédigéré alors que le reste du temps, livrée à moi-même, je ne me débrouille pas si mal. En tout cas, j'arrive à survivre. Par inadvertance, il m'arrive de dire à la maîtresse que je n'ai pas compris une leçon de conjugaison. Et c'est encore pire. Je me revois encore contrainte de refaire l'exercice pendant que les copines rigolent dans la cour de récré. On ne m'y reprendra pas deux fois. Puisque c'est comme ça, je préfère écrire avec mon âme affligée plutôt qu'à l'aide d'un dictionnaire.

Il n'y a plus qu'un domaine où je parviens à me canaliser et à supporter la contrainte : la danse classique. Deux fois par semaine, depuis l'âge de neuf ans, je fais des pointes et des arabesques. L'exercice me galvanise. En fait, je peux aller très loin dans la souffrance et la discipline pourvu que ce soit moi qui me les inflige. J'ai beau être taillée comme un fil de fer, je suis souple, résistante, et j'ai des capacités d'athlète. Quand il faut rester les bras en l'air durant cinq minutes, je ne grimace jamais sous l'effort malgré mes épaules et mes tendons qui brûlent. Même avec les pieds perclus de crampes et d'ampoules à force de faire des pointes, j'ai la banane. J'aime prendre le dessus sur la douleur physique. Dans la vie quotidienne, ça ne m'est d'aucune utilité. Mais il y a tellement peu de choses que je fais bien que je n'avais pas envie de passer celle-là sous silence.

Dans la série des aptitudes superflues, j'ai aussi un bon coup de crayon. Pas seulement pour biffer les mentions inutiles sur mon carnet de notes ou pour griffonner des fresques sur les tables du collège. Plus petite, j'ai passé quelques semaines de vacances chez Anne-Marie, la sœur de mon beau-père, qui exerce la profession de peintre du côté de Grenoble. Avec sa mallette de pastels, nous partions en forêt. Elle m'a appris à dessiner les prairies d'herbe vertes, les fleurs, les arbres, les nuages. Elle m'a donné les premières bases : les à-plats, les trames, les couleurs complémentaires, les perspectives. J'adore le bleu, le jaune. Le rose, très peu pour moi. C'est bon pour les fifilles.

4

Mauvaises résolutions

Mes nouvelles règles du jeu
Ne répondre d'aucuns dieux
Je veux des mauvaises résolutions
Et tenir bon

Que la nuit me surprenne
Frénétique et malsaine
Je veux des mauvaises résolutions
Toucher le fond

J'veux laisser couler mes larmes
Libre à moi de baisser les armes
J'veux la parfaite panoplie
De la p'tite conne accomplie

Savourer sans regrets
Le délice d'avoir osé
Oser

J'ai douze ans, et alors que j'entre dans l'adolescence, mon cadre de vie change à nouveau. Dernièrement, il y a pourtant eu de vraies améliorations. On a créé une mezzanine pour que nous ayons chacune notre espace, Marion et moi. René, lui, nous a offert un vieux flipper grâce auquel j'arrive à soutirer quelques pièces d'un franc aux amis des parents. Dans la maison, il y a une chaîne hi-fi démente, avec des boutons partout. Je n'ai pas le droit d'y toucher, mais elle m'attire. Je rêve d'apprendre à m'en servir, de maîtriser son fonctionnement. Mais ce sont les parents qui sont aux commandes.

C'est le moment où mon beau-père décide d'investir le terrain cinq cents mètres plus haut pour y bâtir notre nouvelle maison. Et c'est reparti pour les travaux ! Aujourd'hui encore, il me suffit de croiser un maçon à l'ouvrage pour retomber en enfance. L'odeur du plâtre, de l'enduit et du ciment, c'est ma madeleine.

Il faut dire que mes parents fabriquent tout. Après avoir eux-mêmes dessiné les plans de la maison, ils scient les menuiseries, taillent les vitres, confectionnent les portes-fenêtres, les terrasses surélevées, une baignoire en carreaux, une douche tapissée de liège, un système de chauffage, une chaudière à bois avec serpentins dans le sol, un four, tout le système de récupération de l'eau à l'aide de tuyaux qui arpentent la vallée depuis la source… Mon beau-père creuse les tranchées dans la terre caillouteuse de notre région sur des kilomètres, à l'aide d'une pelleteuse. Il invente des solutions sur mesure. Il taille les pierres. Il fait tout de ses mains.

De mon côté, tout au long de ces années, j'ai continué d'accompagner la vie de mes parents sans faire de bruit. Un petit fantôme blond qui se glisse en catimini dans les recoins de leur existence, avec une confiance en soi proche du néant et la sensation d'avoir un QI de portemanteau. Une poupée de chair et d'os qui ne se plaint jamais et qui use de son pâle sourire comme d'un bouclier. « Elle est si mignonne, si sage, Romane, avec son joli minois de poupée. » Et si mon beau-père m'avait trouvée moche ? Ça aurait changé quoi ? Aujourd'hui encore, sans penser à mal, il croit être agréable en évoquant ces souvenirs : « Un jour, je suis monté à Paris en voiture pour déposer Romane chez sa grand-mère. Figurez-vous qu'elle n'a pas décroché un mot de tout le trajet ! Un ange, vraiment ! Elle était si gentille avec sa bouche en cœur et ses jolis yeux noisette… » Enfant, j'avais l'impression que la seule injonction que je devais suivre était « Sois belle et tais-toi ! »

Je me souviens de ces heures interminables, assise à l'arrière de la voiture, et de mon sentiment de solitude. Le temps semble toujours plus long à travers le prisme des yeux d'enfant. J'en avais nourri une fascination irraisonnée pour les tableaux de bord. Tous ces cadrans phosphorescents, tous ces témoins lumineux m'hypnotisaient. Ils étaient mes compagnons de voyage. Je me voyais comme l'unique dépositaire de leurs indications. Les chiffres défilaient, les aiguilles dansaient sous mes yeux.

À force de me faire violence pour être douce et insignifiante, j'ai la soupape qui lâche. La petite fille modèle se mue en harpie bravant tous les interdits dès qu'elle franchit les grilles du collège de Nyons, à sept kilomètres de là. Je m'y sens vivante et au centre de tous les regards. Qu'importe si ceux des profs sont consternés.

L'un d'eux me surprend en train de copier et me demande de prendre la porte ? Je ne me fais pas prier pour la dégonder et partir en « prenant la porte ». Le proviseur me convoque et m'ordonne d'aller au coin pendant une heure ? En riant et le toisant, je me plante à l'angle de son bureau, mes deux pieds dans la corbeille à papier qui s'y trouve. Avec le prof d'anglais, qu'on surnomme Bobosse à cause de l'œuf de pigeon qui orne son crâne, je n'ai même pas le loisir d'assister aux cours. À peine suis-je entrée dans la classe, qu'il m'interpelle : « Romane, sortez ! » Je m'assois dans le couloir pendant une heure et je tire quelques taffes de cigarette à la dérobée. 0,5/20, c'est ma moyenne générale en anglais. Je ne sais même pas où il est allé chercher le demi-point. Pas grave puisque je trafique mon carnet de correspondance et mes relevés de notes. Un jour, je lis en avant-première : « Romane est une fumiste… » J'ignore ce que ça signifie, je panique : « Merde ! Ils m'ont surprise en train de fumer ! »

Fausse alerte. Pour la première fois, je transgresse les règles et j'impose ma présence. Ici, c'est un jeu d'enfant. À part le prof de maths qui, parfois, se rebelle en essayant de me balancer son trousseau de clés dans la figure, je n'en reviens pas du manque d'autorité des adultes. Les enseignants me font presque de la peine tellement je les trouve faibles, il y en a même qui pleurent devant nous... Quand je pense qu'à la maison il me suffit de regarder mon beau-père avec un peu d'insistance pour frôler la correctionnelle !

À l'école, c'est moi qui joue les dures. J'ai créé un personnage, et ce double endiablé me venge de toutes mes années de mutisme et de docilité. Tout d'un coup, j'ai l'impression de ressembler à mon père : ma mère m'a raconté qu'après les contrôles de police il faisait des bras d'honneur aux flics pour les saluer. Pour me distinguer, tout est bon. En cours de musique, quand on fait de la flûte, c'est-à-dire tout le temps, je n'amène que le bec de l'instrument. Je me planque derrière mon cartable posé sur le bureau et je fais semblant de jouer. Juste par défi. Qu'est-ce que j'en ai à foutre de la flûte ? Des gens se sont-ils déjà épanouis dans leur vie grâce à la flûte ? La recette du bonheur, je la connais, elle est ancrée dans ma tête : « Sois belle et tais-toi. » Je ne suis même pas belle. Je mets trois culottes et quatre paires de collants en laine sous mes pantalons pour cacher ma maigreur et faire croire que j'ai des formes. Je suis tellement complexée que je me fais dispenser de piscine. Je prétends avoir de l'urticaire, ça passe comme une lettre à la poste.

Il y en a qui sont les bouffons du roi, moi je suis la reine des bouffonnes et ça me vaut toute une cour de disciples et d'admirateurs. J'ai plein de nouvelles amies mais je reste proche de Céline et Sandra, que je connais depuis la maternelle. Elles habitent à côté de Nyons, et je reste dormir chez Sandra une fois par semaine, vu que j'habite à sept kilomètres du collège. Les parents de ma copine Sandra nous laissent libres de dîner d'un chocolat chaud agrémenté de gâteaux secs. Même chez ma grand-mère je n'avais pas droit à ça.

Sandra a un frère aîné, Nini, et c'est encore un obsédé. La loi des séries, ou il y en a beaucoup (ou bien c'est moi qui les attire). Il passe son temps à nous mater, de préférence quand on prend notre douche. Du coup, on bouche le trou de la serrure avec du papier toilette, mais ça ne l'empêche pas de continuer à divaguer derrière la porte : « Je suis sûr que vous avez des petits seins bien fermes, ça m'excite rien que d'y penser… » Bref, un poète travaillé par sa puberté. Mais je ne suis plus une victime expiatoire comme au temps du fils du fermier.

Un jour, avec Sandra, on le prend à part et on lui dit qu'on va jouer à un truc « super sexy ». Il frétille d'avance. On lui demande de se déshabiller, il ne se fait pas prier, puis on l'attache avec une corde sur son lit en fer forgé. Et on le laisse là, le zizi en berne, après l'avoir enfermé dans sa chambre. On court chercher Céline et on rapplique toutes les trois pour se délecter du spectacle. Sous nos yeux moqueurs, il devient fou. Il est tout rouge, il tire sur ses liens à s'en faire saigner les poignets, il nous menace, il nous supplie. Voilà, maintenant, comment ça se passe quand on me confond avec une cruche inoffensive.

Je fréquente aussi Natacha, qui est pensionnaire au collège de Nyons et que j'accompagne souvent chez elle lorsqu'elle rentre à Valence en fin de semaine. Ces week-ends chez Natacha sont le théâtre de mes premiers rites initiatiques. Elle habite une vraie maison avec des vrais parents, des frères et sœurs et des tartes salées qui cuisent dans le four. Mais il en faut davantage, désormais, pour me mettre dans un état second. Là-bas, on sympathise avec un garçon, Kamel, un beau brun qui réside dans la cité HLM voisine du pavillon de Natacha. Il a tout d'un petit voyou mais il est sympa et respectueux et, de toute façon, je déteste les premiers de la classe. En plus, j'adore son prénom, ça me fait penser aux cigarettes que je fume.

La nuit, on fait le mur et on se retrouve tous au pied des barres d'immeubles avant de déambuler dans les rues mortes de Valence. Rien que pour tromper la vigilance des parents de Natacha, c'est toute une histoire. Il faut escalader la fenêtre de sa chambre qui donne sur un appentis, ramper en silence, sauter dans le vide, basculer par-dessus le grillage qui se trouve à l'arrière de la maison. Ça me plaît d'autant plus que, chez moi, il m'a toujours suffi de passer la porte pour me retrouver en pleine pampa et personne n'a jamais l'idée de chercher à me retenir.

Quand on est dehors, noyées dans l'obscurité, l'aventure, la vraie, commence. Dès qu'on aperçoit la silhouette d'un type promenant son chien, on se planque derrière les voitures en stationnement. On rejoint la bande de potes dans un hall d'immeuble, on achète et on fume du shit. Là, soudain, toutes mes inhibitions partent en fumée. Mon enfance n'est plus une comptine désenchantée, elle ressemble à un film, dont le générique de fin survient au bout de six mois, quand je fais une réaction paradoxale après avoir un peu trop tiré sur le pétard avec Natacha.

Ce soir-là, je décolle dans la stratosphère. Je distingue les phares d'une voiture qui passe dans la rue et je me lance à ses trousses comme une dératée. Il faut absolument que je rattrape cette bagnole, c'est une question de vie ou de mort mais, au bout de trois cents mètres, je m'étale de tout mon long et je tombe dans les pommes. Dans la chute, ma boucle d'oreille pointue s'est plantée comme une lame dans la chair. J'ai la nausée et le visage éclaboussé de sang. Ensuite, je fais une sorte de crise de spasmophilie. Je tremble, mes muscles et mes nerfs me lâchent. Le *bad trip* dans toute sa splendeur.

Avec le soutien de Natacha, je parviens à retourner chez elle en me déplaçant à tâtons comme une infirme. Et toute la semaine qui suit, au collège, j'ai des vertiges impressionnants. Dans la cour, je m'accroche à Natacha pour faire le moindre pas. Dès que je me lève, j'ai l'impression de marcher sur un fil. Même assise sur une chaise, j'ai la tête qui tourne et une peur panique de tomber sur le côté.

Autant dire que la fumette et moi, c'est terminé. Plus jamais on ne m'y reprendra. Je m'aperçois que je déteste perdre le contrôle – avec l'alcool, c'est pareil, je fais un blocage – et que, par-dessus tout, j'ai une peur bleue de la maladie et même de la mort, malgré mon jeune âge. Bien plus tard, ce sont ces mêmes phobies qui me pousseront à endosser la panoplie d'aide-soignante auprès de quelques intimes sujets aux addictions. Dur métier, je peux en témoigner. En attendant, je me sens tellement mal que je suis contrainte de lâcher le morceau à mes parents et de solliciter leur aide. Le récit de mes déboires ne suscite aucune compassion ni dispute, ma mère m'accompagne chez un médecin qui me prescrit un traitement d'injections de calcium contre la spasmophilie. Quant à mon beau-père, il s'amuse à m'affubler d'un nouveau surnom. Désormais, il se fait un plaisir de m'appeler « Mon Petit Chichon ».

Si j'en ai fini avec les addictions de toute sorte avant même d'avoir véritablement commencé, ma complicité avec Natacha perdure comme avant. Puisqu'il nous faut notre dose d'adrénaline et que les paradis artificiels ne sont pas pour moi, on se recycle dans le vol à l'étalage. Ça tombe bien, j'ai un don, de l'aplomb et un long manteau avec de grandes poches et une doublure suffisamment échancrée pour pouvoir y dissimuler un rayon entier de produits en tous genres. Le week-end, on écume les rues commerçantes de Valence. J'ai beau avoir rasé mes cheveux comme un garçon, ma frimousse ingénue n'éveille aucun soupçon. Peu importe la valeur ou l'intérêt des objets que l'on dérobe, ce qui nous est cher, c'est le souffle du danger. Dans l'ambiance ouatée des parfumeries, on vole du maquillage comme des coupe-ongles. Sur les étals des marchands à la sauvette, on escamote des T-shirts immettables ou des drapeaux de pays dont on ne connaît même pas les noms. On se dit qu'on arrêtera le jour où on se fera prendre. Mais on ne se fait jamais prendre. Alors, on continue.

Je me demande ce qu'il serait advenu si, à l'époque, j'avais économisé ne serait-ce qu'un dixième de l'énergie dépensée en bravades de toutes sortes pour mes études. Peut-être que je serais sortie major de Polytechnique ! Je passe un temps fou à rédiger des antisèches miniatures que je planque au fond de ma trousse, qui me permettent de sauver la face lors des contrôles et d'assurer le passage en cinquième. Mais en matière d'indiscipline, je suis démasquée depuis le premier jour. Avec mon effaceur et mon opiniâtreté de faussaire, j'ai de plus en plus de boulot pour transformer les sentences incendiaires de mes bulletins scolaires en appréciations insignifiantes. Les coups de semonce s'accumulent et demeurent sans effet : « Romane chante en classe ! », « Romane crache sur ses voisins ! » Oui, bon, c'était un jeu entre nous, comme celui qui consistait à tenir tout le cours en faisant comme si le prof n'était pas là…

Au bout d'un moment, je renonce même à trafiquer mes relevés de notes, je me contente de rayer au marqueur noir les commentaires les plus accablants. « Pourquoi tu as rayé ça ? » me demande ma mère. « Parce que c'est même pas vrai », je rétorque. Je me dis alors qu'elle a d'autres chats à fouetter. En tout cas, le résultat est le même. Entre l'école et moi, le divorce est consommé.

J'en viendrais presque à me demander quelles sont les bornes à franchir pour que l'Éducation nationale se rebiffe. Faut-il attacher un prof à sa chaise et le couvrir de goudron et de plumes ? Non, pas besoin d'aller aussi loin. À l'orée de ma quatrième, le proviseur du collège de Nyons décrète que je ne suis plus la bienvenue dans son établissement. Le mot terrible d'« internat » fait son apparition à la maison. Je tente d'amadouer ma mère par tous les moyens. Je sais ce que c'est que d'être cloîtrée dans un dortoir, Natacha m'en a parlé comme d'une prison. Si l'on doit m'y jeter, je suis prête à partir en cavale, seule, sur les routes. Mon désir effréné de liberté, c'est le seul bien précieux que je trimballe dans mon cartable d'adolescente.

Je ne suis pas une mauviette mais je n'ai pas, non plus, la sève d'un légionnaire. Ma mère a beau être tentée par l'éventualité du pensionnat, je sors quand même de son ventre, et elle me connaît plus que je ne le crois. Si l'on m'enferme, elle craint que je déprime salement et que je tourne mal. Nous partons alors toutes les deux nous installer à Montpellier pour que je poursuive ma scolarité. Elle finit par convaincre C. de nous rejoindre, et ils achètent deux studios dans un petit immeuble neuf. À l'été 1985, je quitte définitivement les rives de la Bordette et de mon enfance pour amarrer ma vie de jeune fille dans la grande ville. Là-bas, je m'installe sur le même palier que mes parents, dans l'un des deux studios. Mon premier geste consiste accrocher une barre de danse, des posters de Pink Floyd et à plaquer sur la porte de ma salle de bains une affiche grandeur nature d'une femme toisant le monde derrière l'indifférence de son regard fardé. Elle est loin la gamine des prairies. Du moins, c'est ce que je crois.

5

J'ai croqué la pomme

J'ai croqué la pomme
Oui je l'avoue
La vie j'la consomme
Par les deux bouts

Je galope en amazone
Sur le sommet d'un cyclone
Toujours à l'affût
De mille paradis perdus

J'ai beau être une fille de la campagne, le bitume me va très bien. J'habite en plein centre de Montpellier, entre l'hôtel de ville et la gare Saint-Roch. Je vais au collège des Aiguerelles, à cinq minutes à pied de chez moi. Je pourrais dire « nous » en référence à mes parents qui vivent dans l'appartement d'en face mais, très vite, ils me lâchent la bride. J'imagine qu'ils me surveillent discrètement. Mais je me sens de plus en plus libre et organise mon quotidien comme je l'entends. Ils investissent tout leur temps dans une société informatique spécialisée dans les logiciels dentaires. Ils continuent de filer le parfait amour et retournent chaque week-end dans la Drôme. Sans moi. Au début, je dîne tous les soirs avec eux, puis je me contente du petit déjeuner, puis ces moments deviennent de plus en plus rares. Je n'ai pas quinze ans et déjà nos chemins s'écartent. Si je suis à la traîne pour ma scolarité, question autonomie, je ne suis pas loin d'être une surdouée.

Quand mes chers voisins ne sont pas là, la fête se prolonge tard dans mon petit studio. J'ai plein de nouveaux amis parmi lesquels Aude, brune, mon âme damnée, et Jean-Michel, drôle, dégingandé, le premier garçon avec qui je sortirai. Même si j'habite au 3e étage, on peut accéder à mon appartement en escaladant les toits et en passant par le balcon. Mes potes ne s'en privent pas quand ils ont oublié le digicode ou qu'ils veulent frimer. Pour repartir, en revanche, ils prennent l'escalier. C'est plus prudent. Contrairement à moi, la plupart d'entre eux n'ont aucune aversion envers l'alcool, ni envers la fumette. Je leur demande juste d'aérer pour ne pas me sentir mal.

Dans mon frigo, j'ai des nouilles, des bananes, un chapelet de saucisses cocktail et un pot XXL de pâte à tartiner. Avec ça, je peux soutenir un siège et jeter aux orties les paires de collants superposés qui me servaient de cache-misère. Avachis sur la moquette, on se gave de Pink Floyd, des Scorpions et de Bob Marley. Parfois, on se roule une petite pelle avec Jean-Michel, mais aussi avec Aude, parce que ça nous fait marrer de susciter l'émoi des garçons et qu'en plus la sensation ne me déplaît pas. Cela dit, on ne s'embrasse jamais quand on n'est que toutes les deux. C'est juste comme ça, pour la provoc', pour braver quelques interdits. Les premiers mois où j'habite ce beau petit studio, il y a un cadre accroché au-dessus de mon lit avec une feuille de cannabis séchée. Comme élément de décoration, je n'ai rien contre la marijuana. Mais certains y voient une autre utilité et, un soir plus agité que les autres, mes potes finissent par se rouler des joints avec mon œuvre d'art.

Alors que, pendant des années, je ne parlais pas très fort, soudain, je me sens libérée de cette chape de plomb qui écrasait ma personnalité et mes rêves d'enfant. Je découvre que la vie peut être riche en rencontres, en occupations, en projets. Désormais, mon existence déborde d'amis et de folie. Et si, dans l'enceinte du collège, je m'efforce de me tenir à carreau, c'est pour éviter d'attirer l'attention. Surtout ne pas alerter mes parents et préserver mon indépendance : ils m'ont accordé leur confiance et je souhaite la garder, car je suis responsable. Du coup, en classe, je suis un agneau. Pas un mot plus haut que l'autre, pas la moindre heure de colle. Nickel. Mais mes notes ne suivent pas. Ma moyenne atterrit doucement sur le tarmac de mon inaptitude à la chose scolaire et, lors de mon année de troisième, ma prof de maths me conseille d'éplucher les petites annonces pour dégoter un boulot d'hôtesse ou bien de m'inscrire à une formation d'esthéticienne. Cet avenir ne me fait pas vraiment rêver, aussi lorsque je me présente au centre d'examen pour passer le BEPC, j'hésite une demi-seconde devant les grilles et je décide de passer mon chemin. C'est quoi ce bout de papier ? Un passe-droit pour manier la pince à épiler jusqu'à la fin de mes jours ? Moi, je n'aurai peut-être pas un vrai métier mais j'ai pris les commandes de ma vie et plus personne ne décidera à ma place de ce que je dois faire.

Durant ces deux premières années à Montpellier, j'en apprends plus dans la rue qu'à l'école. Je découvre le monde, je fais connaissance avec moi-même. La gamine qui se sentait insignifiante a laissé la place à une jeune femme sur laquelle le regard des hommes trébuche et se fige, ce qui m'étonne. Ma joie de vivre balaye mon insécurité affective, ma silhouette de danseuse et mes tenues excentriques rallient visiblement tous les suffrages. Les gens me confondent avec mon image et, pour l'instant, ce statut d'illusionniste me va très bien. Aux yeux des autres, je suis ce que je montre, c'est une chance et un pouvoir, mais cette nouvelle peau n'est qu'un pansement sur mon enfance solitaire et je préfère ne pas savoir si elle résiste à l'usure du temps.

Avec Aude, on s'habille pour pas cher dans les friperies et les boutiques indiennes. Le bon goût vacille parfois mais le look y est. J'aime les tenues inappropriées, les mélanges de style. Elles me donnent un surcroît de confiance car, au fond de moi-même, je ne me prends pas pour une madone. Face au miroir, je ne vois que mes défauts. Selon les jours, je porte un boléro découvrant mon nombril sur un sarouel et des sandales indiennes ou alors une veste queue-de-pie assortie à une chemise à jabot et un pantalon déchiré. J'ai aussi une passion pour les Kickers, ces petites bottines aux teintes acidulées et aux semelles joufflues. Et au cas où une autre fille aurait la même idée, j'accentue ma différence en les dépareillant : une couleur différente à chaque pied. Plus tard, je passe un cap en stylisant directement mon corps. Chez un tatoueur, à une époque où les tatouages n'étaient pas monnaie courante, j'immortalise une figurine au creux de mes reins, une espèce de gremlin tirant la langue ; mais c'est plutôt raté, beaucoup moins drôle que je ne le pensais. Je ne voulais pas d'un motif cucu, genre papillon ou fleur des champs. J'avais envie d'un personnage qui pourrait faire marrer mon homme dans l'intimité, histoire de détendre l'atmosphère. De ce point de vue, finalement, ce n'est pas si raté que ça.

Dans la rue, je sens à présent les regards des hommes qui me détaillent avec gourmandise. Je les retourne à mon profit quand je fais la manche avec Aude, place de la Comédie. « Bonjour, monsieur, il me manque 20 francs pour acheter un pantalon, j'en meurs d'envie, est-ce que vous pourriez m'aider ? » On les harponne avec le charme et l'impertinence de nos seize ans, jamais par la pitié. Et la pêche est très bonne. Du coup, on s'achète réellement des fringues qu'on revendra au marché aux puces du stade Richter une fois qu'on s'en sera lassées. Ou alors, on va manger du pop-corn au cinéma en resquillant l'entrée par l'issue de secours ou la sortie. Dans la même journée, je peux voir quatre fois *Le Grand Bleu* avec Rosanna Arquette, mon idole – il paraît que je lui ressemble un peu –, tout en engloutissant deux kilos de maïs.

Durant les vacances scolaires, j'enchaîne les petits boulots pour faire fructifier mes économies et mon indépendance. Je dépanne comme vendeuse dans les magasins de fringues, je joue les ouvreuses dans les salles de spectacle, je fais la cueillette des abricots en Provence, près de chez mes parents. Ou je travaille comme jeune fille au pair pour un couple d'amis de ma mère, des Parisiens qui possèdent un chalet dans la vallée du Queyras. Je me retrouve avec deux enfants sous ma responsabilité, un frère et une sœur de neuf et dix ans. J'invente des jeux, je leur lis des histoires mais la seule activité qui émoustille la gamine, c'est de tirer une taffe de ma cigarette. Du matin au soir, elle me tanne avec ça. Je résiste jusqu'au moment où, épuisée, je lui tends ma cigarette roulée : « Tu veux fumer ? Tiens ! Vas-y, je te l'allume… » Elle tire quelques taffes en prenant des poses de femme fatale à chaque bouffée et, direct, elle va me dénoncer à ses parents. « Romane, elle m'a fait fumer ! » Bon, moi, à son âge, j'aurais gardé le secret jusqu'à la tombe, mais c'est le dernier jour des vacances et ça ne prête pas à conséquence. Avec la liasse de billets que son grand-père me tend en grimaçant, je file m'acheter un ghetto-blaster, l'un de ces radiocassettes de la taille d'une valise qui crache ses décibels à deux cents mètres à la ronde. C'est exactement ce qu'il nous faut avec Jean-Michel pour enflammer nos veillées au bord de la mer.

Il n'est pas super beau, il est plus maigre qu'un fakir, mais il me fait tellement rire. J'adore quand on fait du stop pour aller à Palavas-les-Flots, la station balnéaire la plus proche de Montpellier. Ce n'est pas moi avec mon nombril à l'air qui fait piler les conducteurs, c'est lui. Avec son sourire jusqu'aux oreilles sous sa tignasse ondulée, il manie sa serviette de plage comme une cape de torero au nez de chaque voiture qui passe. Le charme et l'insolence, jamais la pitié. Ça marche à tous les coups. Sur la plage, on retrouve Aude et les autres, on allume des feux de camp, on chante du Pink Floyd au son de mon ghetto-blaster. Parfois, avec Jean-Michel, on reste dormir à la belle étoile. Le reste du temps, on partage nos nuits entre mon studio et la chambre qu'il occupe chez ses parents et qu'on a entièrement repeinte en jaune et gris clair pour mieux repérer les cafards qui infestent l'appartement.

Si je sors avec Jean-Michel pendant plus de deux ans, c'est que les beaux gosses me sont assez indifférents. Je ne suis pas aveugle. J'apprécie la magnificence d'un paysage de montagne, j'ai un bon œil pour m'habiller ou pour décorer mon appartement, mais avec les hommes je craque moins pour le physique que pour l'originalité, l'humour, le charisme. Ça me donne l'impression d'aimer un peu plus profondément que les autres. En tout cas, pour coucher avec un garçon, j'ai besoin d'avoir des sentiments. Je l'ai dit, je ne suis pas le coup d'un soir.

La première fois que ça se passe avec Jean-Michel, je le vis comme le prolongement presque naturel de nos fous rires. Je n'ai plus de problème avec mon corps et j'ai vu tellement d'hommes à poil dans mon repaire hippy que je ne suis pas pudique pour un sou. À côté de lui, je passerais presque pour une experte. Mon premier amant était consciencieux, mais la majorité de ses successeurs n'auront pas toutes les clés de l'orgasme féminin. Pour certains, le clitoris est une contrée méconnue où l'on ne s'aventure que par mégarde. Pas de chance, c'est mon truc pour décoller. De mon côté, je m'active pour leur donner du plaisir et leurs jouissances deviennent un peu les miennes. C'est souvent comme ça que ça se passe, pour nous les femmes, non ? Bref, ce n'est pas toujours le nirvana, loin de là. Mais j'en sors confortée dans l'idée que, quitte à ne pas grimper au ciel, autant m'offrir à un homme qui me fait battre le cœur plutôt qu'à un play-boy tombant les filles à la chaîne. C'est ma sensibilité, plus qu'une règle d'airain. Si le type est drôle, romantique et qu'en plus il a un peu bossé l'anatomie féminine, il y a peut-être matière à réfléchir.

Jean-Michel tourne tout en dérision et cela me met à l'aise, cette première étreinte s'inscrit dès lors comme un moment tendre et fusionnel. En dépit des sollicitations, je lui reste donc fidèle. À cette époque, on se fait piquer à la Fnac avec l'intégrale de Bob Marley dans mon sac à dos. Depuis l'époque de mes premiers larcins, avec Natacha, à Valence, j'ai un peu gardé le vice. À Montpellier, ma vie a beau être trépidante, je n'ai pas beaucoup d'argent de poche, et j'ai aussi le besoin de temps à autre de cette décharge d'adrénaline si particulière. Notre numéro est bien rodé mais, ce jour-là, le dieu des rastas n'est pas avec nous. Alors qu'on vient de planquer les CD dans mon sac, on se fait serrer à la caisse à cause des vidéos de surveillance, et nous voilà pris au piège entre le directeur du magasin et deux molosses de la sécurité. J'ai beau tout assumer, ils ont décidé d'appeler ma mère à son boulot pour qu'elle vienne nous sermonner. Pendant ce temps-là, mon acolyte se liquéfie et se désolidarise complètement : « Je n'ai rien volé, vous n'avez rien trouvé sur moi ! » Les types éclatent de rire en lui repassant le film : « Et là, ce n'est pas toi qui mets les disques dans son sac ? » Du coup, devant ma mère, ils prennent mon parti : « Votre fille, ça a l'air d'être quelqu'un de bien. Il faut juste qu'elle arrête de fréquenter des nuls comme lui... »

Je n'ai pas besoin de leurs conseils. Je suis déçue de la lâcheté de Jean-Michel et préfère prendre mes distances. Dans mon cœur la page est tournée. Entre-temps, je me suis inscrite aux Beaux-Arts, à Sète. J'y suis allée au flanc, avec un carnet de croquis et des séries de portraits chromatiques inspirés d'Andy Warhol. Depuis mes premiers pastels avec la sœur de C., je n'ai jamais cessé de dessiner. Des caricatures sur les tables du collège, des mini-bandes dessinées dans mes cahiers de brouillon. J'épluche tous les livres d'art qui me tombent sous la main. J'admire le cubisme de Paul Klee, l'œuvre énigmatique de Tàpies. Il faut croire que je ne me débrouille pas trop mal puisque le jury m'a acceptée en première année alors que je n'ai que seize ans et demi. En principe, il faut être majeur pour entrer aux Beaux-Arts. Je pourrais sauter au plafond vu le piètre parcours scolaire qui m'a menée jusque-là, mais non, même quand on me prédisait un avenir au rabais, j'ai toujours su que les portes du milieu artistique finiraient par s'ouvrir à moi, quitte à forcer un peu le passage. Gamine, j'ai trop rêvé le monde pour me satisfaire d'un métier qui ne me plairait pas. Et si ce n'est pas la peinture, ou le graphisme, ce sera la comédie – rentrer dans la peau d'un autre personnage et manier le verbe me plairait aussi tout autant – ou bien la musique, en tant que technicienne, ingénieure du son, arrangeuse ou compositrice.

J'en ai toujours secrètement rêvé. Depuis mon enfance rythmée par les tubes des années 1960-1970 qu'écoutaient mes parents, la musique fait partie de mon quotidien. Elle tisse entre mes proches et moi des liens muets qui se substituent à nos conversations absentes. Peu à peu, elle m'aide à bâtir mes goûts propres, une personnalité qui ne doit rien à mon éducation. Elle est l'une des multiples manifestations de l'indépendance que je chéris. À part la flûte, je n'ai pas appris à jouer d'instrument, mais j'aime décrypter les chansons, j'ai l'oreille technique. Je me vois bien faire carrière comme ingénieure du son. Après tout, il y a une certaine logique à vouloir mixer les graves et les aigus derrière une console truffée de potentiomètres quand son enfance a été bercée par les tableaux de bord scintillants de voiture.

Ça a beau faire chic, les Beaux-Arts, c'est quand même une école. Or je déteste l'école, son magistère étouffant et ses exercices factices. Pour me motiver, j'écoute Rickie Lee Jones en boucle dans mon walkman et j'effectue la totalité de ma première année. Mais j'ai l'impression que je dessinais mieux avant d'ingurgiter tout ce savoir fumeux. Parfois, on pose une grande feuille de papier sur le sol et on nous demande de produire une esquisse en restant debout, à l'aide d'un fusain accroché à un bâton de deux mètres. Ça fait davantage travailler mes biceps que mon cerveau. Une prof nous explique que, si Georges Braque a peint *Violon et Bougie*, c'est parce qu'il était déprimé. Et comment sait-elle ça ? À cause des tonalités sombres du tableau... N'importe quoi ! Moi, par exemple, j'adore ces couleurs et je pète la forme. L'enseignement me fait l'effet d'un verbiage d'artiste frustré, qui se rabat sur des analyses douteuses. Et même quand vient le moment de croquer des modèles anatomiques, ma spécialité, ça me met mal à l'aise. Mon père a disparu de la circulation depuis plus de dix ans et, soudain, j'ai l'impression qu'il fait irruption sous mes yeux dans le plus simple appareil. Il faut du cran pour se pointer à poil devant cinquante élèves qui vous scrutent sous tous les angles ! Et les poses improbables qu'on vous impose de tenir pendant des heures au mépris des crampes et du moindre gratouillis. Un boulot de chien, finalement. C'est peut-être ça qui l'a dissuadé de bosser pour le restant de ses jours.

Magie des dix-sept ans : la vie n'est encore qu'un projet et l'on peut repasser presque indéfiniment le pinceau sur la toile. Je n'ai même pas rangé mon carton à dessins que, déjà, je crayonne de nouvelles perspectives d'avenir. Chaque fois que je prends mon train pour rejoindre l'école de Sète, je passe devant le Rockstore, un antre branché, située à deux pas de la gare Saint-Roch. On y trouve des vinyles d'importation, des places de concert mais aussi un bar, le salon de tatouage où j'ai immortalisé mon gremlin, une radio alternative et toute une faune de clients déjantés. J'y suis tous les soirs avec une bande de potes et l'un des piliers d'Alligator FM – c'est le nom de la station. Je le supplie de me laisser passer quelques disques dans son émission de rock. En vain.

Ma mère me déniche une petite annonce pour une offre d'emploi émanant d'Europe 2 Montpellier. La station a tout juste un an d'existence. Ses responsables proposent un job à mi-temps sous le régime des TUC (Travaux d'Utilité Collective), une invention du gouvernement de Laurent Fabius pour aider les jeunes précaires. TUC : j'adore ce nom de biscuit apéritif. Je croque dedans et – miracle des années 1980 et de l'ébullition radiophonique de l'époque – je suis embauchée du jour au lendemain. Au début, j'assiste le programmateur des émissions matinales. Mais la station abrite également la fréquence de Radio Nostalgie, et il y a tellement de jingles, de pubs, d'infos et de disques à propulser sur les ondes pour si peu de personnel que, très vite, je me retrouve seule aux manettes. Je jongle avec les platines et les minutages entre les deux radios. Je prends ma voix d'hôtesse de l'air pour annoncer des brumes matinales sur Béziers, j'envoie Freddie Mercury sur Europe 2 et, une minute et dix-sept secondes plus tard, Gilbert Bécaud sur Radio Nostalgie, jamais l'inverse, surtout pas. Sans vouloir me vanter, on dirait que j'ai fait ça toute ma vie. J'adore ! Derrière mon énorme console, j'ai l'air aussi frêle qu'une fillette et pourtant, à l'oreille, on jurerait que j'ai commencé la radio il y a bien longtemps. Je dégote des trésors dans la réserve où dorment des montagnes de 45 tours. J'ai droit aux félicitations quasi quotidiennes du directeur de la station, sauf ce jour où il débarque en furie alors que je me délecte de la voix de Jim Morrison en allumant une clope.

— C'est quoi, cette merde, Romane ?

— *Riders on the Storm*, des Doors...

— Je m'en fous, le disque est abîmé : ça grésille !

— Non... C'est le bruit de la pluie, ça fait partie du morceau...

Pendant près d'un an, j'ai l'impression d'exercer le plus beau métier du monde. Il n'y a qu'une légère ombre au tableau : parfois, lorsque mon regard s'échappe à travers la baie vitrée du studio, il m'arrive d'apercevoir Jean-Michel perché sur le toit de l'immeuble en face. Il est là, assis en tailleur, les bras croisés. Il m'observe et il m'attend. Il voudrait que je lui revienne mais, depuis l'épisode de la Fnac, je ne souhaite plus poursuivre cette histoire. Nous resterons amis. J'ai arrêté de voler dans les magasins. J'ai déjà perdu trop de temps, prisonnière de mes complexes, pour brader ma liberté et confondre l'amour avec un disque rayé. Et même dans ce job en or, je le sens, je le sais, je vais finir par me sentir à l'étroit. Déjà, une autre aventure me tire par la manche. Ma vie file à toute vitesse et je cours à perdre haleine pour la rattraper.

En parallèle de la radio, je travaille comme régisseuse générale sur des concerts, entre autres ceux de Kassav', Touré Kunda, Imagination et Demis Roussos. Il s'agit d'organiser entièrement des spectacles. Préparer en amont tout le nécessaire pour que le concert se déroule dans les meilleures conditions : gérer les intervenants pour les affiches, la sécurité, le matériel de sono, la lumière, penser à bien mettre des serviettes blanches dans les loges, des bouteilles, des gâteaux, jusqu'au papier toilette... Pour moi, c'est la révélation. Je m'investis à 400 %, je me sens utile, je fais partie d'un milieu qui me fascine, au lieu de m'ennuyer sur les bancs du lycée comme mes copines. Je suis débrouillarde, j'ai de l'entrain, de la passion à revendre, bref, je suis vivante. Pendant les concerts, je peux m'installer dans la régie, devant les tables de mixage. En coulisses, je suis aux premières loges pour observer le travail des artistes. C'est l'expérience la plus enthousiasmante de ma vie, jusqu'ici.

Aussi, dès que l'occasion se présente, je vends des programmes, des T-shirts et tout un tas de babioles dans l'enceinte des grands concerts. Ce n'est pas ce qui manque à Montpellier, entre l'historique stade Richter et le Zénith qui vient de sortir de terre. En tournée, tous les chanteurs et les groupes mythiques font le détour : Michael Jackson, Supertramp, Metallica, Pink Floyd... La plupart du temps, le promoteur local recourt à mes services. Il paraît que je suis la reine du merchandising. En fait, j'applique juste la recette que j'ai apprise en faisant la manche, place de la Comédie : minijupe et maxi-sourire.

Un soir, Jean-Jacques Goldman est à l'affiche. Pas le même genre que Michael Jackson, qui se fait déposer derrière la scène en hélicoptère. Non, il gare lui-même sa voiture de père de famille et sait encore dire bonjour à une vendeuse de porte-clés. Ce soir-là, je suis en backstage et je sympathise avec son équipe. Le surlendemain, il chante à Béziers, et son équipe pense à moi pour écouler sa cargaison de *goodies*. De fil en aiguille, je fais connaissance avec ses musiciens, je les rejoins dès qu'ils se produisent dans le Midi, j'arrive de plus en plus tôt, je repars de plus en tard. Même aux yeux de Goldman, je fais partie du décor. À la fin d'un concert, à Nîmes, je me retrouve à côté de lui dans sa voiture encerclée par une meute de fans en délire. Des gens sont étalés sur le pare-brise, d'autres veulent grimper sur le toit, on ne peut plus avancer, ni reculer. Et lui, au volant de sa bagnole de Français lambda : « Mais c'est quoi qui les fout dans cet état ? » C'est toi, Jean-Jacques. C'est ton talent si singulier et ta simplicité si partagée.

Quand je retourne à la radio, le lendemain des concerts, j'ai du mal à me réadapter à l'esprit de sérieux qui règne dans toute entreprise dès lors qu'il y a un chef, un sous-chef et une poignée de subordonnés. La veille au soir, j'ai vécu une expérience de malade avec des gens hyper pros qui rigolent tout le temps et, là, je me coltine des experts endimanchés qui débattent sur la tonalité d'un jingle comme si leur vie en dépendait. Un jour, je réponds au directeur d'antenne : « Faudrait arrêter de vous prendre la tête avec des trucs débiles... » Là, évidemment, c'est la tonalité de mon propos qui le chagrine. Ça sonne comme un baroud d'honneur. Et, quelque part, c'en est un car je suis épuisée de passer mes nuits dans les trains pour pointer à la radio tôt le matin. De Toulouse à Marseille, les gares n'ont aucun secret pour moi. J'arpente leurs recoins les plus sordides, seule, je squatte les salles d'attente mal éclairées à l'affût des zonards. J'ai appris à avoir la posture de la nana qu'on n'emmerde pas. L'attitude complice, calme, surtout pas impressionnée ni apeurée, devant des mecs chargés de dope jouant à la démonstration de nunchaku à 4 heures du mat. Je ne me suis jamais fait agresser. J'ai peut-être juste eu beaucoup de chance. Pour tuer le temps et mes angoisses, je travaille mes dons de médium comme quand, fillette, je comptais les mouches sur la fenêtre de la cuisine. Tiens, là, dans vingt secondes, je parie qu'un type va entrer dans le hall. Neuf fois sur dix, un punk à chien se pointe dans la foulée. Finalement, je préférais compter les mouches.

Lui, aussi, je l'ai vu venir presque tout de suite. Patrice, sûrement l'homme que j'ai le plus aimé avant Renaud. Il monte et démonte les éclairages sur les concerts de Goldman. Ce n'est pas le boulot le plus prestigieux aux yeux des groupies. Il est peut-être moins courtisé qu'un des musiciens qui me fait du gringue, mais il possède cette originalité indéfinissable qui m'aimante le cœur. Il est brun, mat, élancé, sexy, plein d'humour mais pas hâbleur comme le sont souvent les gros bras dans ce genre de caravane. Il est toujours courtois, il se tient très droit même quand il enfourche sa moto. Ce pourrait être un chevalier du temps jadis, un héros pour jeune fille en fleur. Il a huit ans de plus que moi et je le vois surtout comme un vrai mec. Mon mec.

Avec lui, désormais, j'ai vraiment la sensation d'appartenir à la caste bénie des saltimbanques. Je voyage dans le bus des techniciens, je déjeune à la table des musiciens, techniciens et du chanteur, je ne prends plus le train pour retourner à ma vie de tous les jours. Lorsque je l'accompagne sur un concert, je dors dans le lit couchette du tour bus ou parfois dans les palaces réservés pour la star et sa bande. Je le rejoins le plus souvent possible. Et même entre deux dates, on essaye de rester ensemble, à Paris ou à Cannes, où il possède des points de chute en colocation. Sur sa moto, j'aime me blottir contre lui et sentir nos corps se balancer à l'unisson dans les virages. Je m'abandonne complètement. Pour la première fois, un homme me guide.

Le seul moment où je n'arrive pas à le suivre, c'est quand il se dope. Au début, dans l'euphorie perpétuelle de la tournée, je ne remarque que ses sautes d'humeur. Mais Patrice est toxicomane et, quand il se détourne provisoirement de la seringue, il est capable de descendre une demi-bouteille de Żubrówka dans la journée pour compenser. Il n'est jamais complètement défoncé, juste à la limite. Dans ces moments-là, il se croit intelligent et drôle alors que je le trouve vulgaire et gluant. L'opposé de ce que je pensais avoir décelé en lui. Tout ce que je déteste.

Son attitude ne m'insupporte pas, elle me terrorise. Depuis le jour où j'ai fait un *bad trip* avec Natacha, j'ai une peur panique de la maladie et de la mort. Je lui mène une guerre terrible avec ça, refusant de faire l'amour sans préservatif, l'obligeant sans cesse à passer des tests VIH. La première fois que je le vois se piquer devant moi, je lui interdis de me toucher pendant un mois. Forcément, ensuite, il me ment. Il me tient des promesses qu'il n'honore jamais. Il me jure qu'il est *clean* quand il ne l'est pas. Je le connais tellement par cœur que j'arrive à déceler la moindre minidose prise même des heures auparavant. Il prétend toujours qu'il va arrêter demain, mais demain est un autre jour. Un soir, à bout d'arguments, il me balance à la figure que, moi aussi, je suis toxico. « Regarde, ma pauvre, tu es complètement accro à tes deux paquets de clopes par jour ! » J'écrase mon mégot dans le cendrier. « Eh bien, tu vois, c'est fini… » Et, depuis ce jour, le tabac et moi, c'est de l'histoire ancienne. Si je le prends au mot, c'est moins pour ma santé que pour lui. Je veux lui montrer que c'est possible, lui prouver que je l'aime à en crever. Enfin, pas tout à fait, quand même.

On tient environ un an et demi comme ça, en funambules, errant sur le fil d'une passion dévorante tendu sur le gouffre de nos engueulades. Je m'oublie un peu dans cette histoire, mais un jour où je me balade seule à Paris tandis que Patrice est sur les routes avec la troupe de Mylène Farmer, je suis abordée par une femme qui me propose de passer un casting pour une publicité. Il s'agit d'un spot télé pour les cahiers Oxford. Un comble pour le cancre que j'ai toujours été. Mais cette expérience me permet de participer à une autre pub, pour laquelle on me sollicite après que mon image juvénile de lycéenne attardée s'est affichée sur tous les écrans. Cette fois, il s'agit d'une campagne de prévention contre le sida ! Avec moi, ils sont bien tombés.

J'avais, il y a longtemps, imaginé être actrice. Je revis mes jeux d'enfant solitaire lorsque j'inventais des personnages et que je me parlais à voix haute. D'un autre côté, si j'ai attrapé un virus, c'est celui de la musique, même si je ne m'imagine pas un micro à la main mais plutôt technicienne derrière une table de mixage. Entre ces deux mondes, désormais, mon cœur balance. Une seule chose est sûre : mon avenir est à Paris. Tant pis si je souffre des absences répétées de Patrice. Il n'en sera que plus amoureux quand il reviendra de tournée.

D'ailleurs, il vient de rentrer de Bordeaux. Et il m'a ramené une surprise. Je le devine rien qu'à sa tête, c'est mon côté médium. « Romane, il faut qu'on se parle. J'ai rencontré une danseuse de Mylène Farmer. Je suis tombé amoureux. Toi et moi, c'est fini. »

6

Déséquilibre

À quoi ça sert de se lancer
Si c'est pour ralentir
J'oscille entre le meilleur et le pire
Sous les orages et sous le vent
Je tiendrai la distance
Libre et intense

Les hommes. Vaste programme. Et si l'on commençait par le premier d'entre eux, mon père ? J'ai dix-neuf ans quand je le retrouve ou, plutôt, quand je fais véritablement connaissance avec lui. Un jour, ça m'avait tarabustée et j'avais cherché son nom sur le minitel. Je savais par ma mère que j'avais de la famille dans les environs de Toulouse. Il n'y avait qu'un seul numéro correspondant au nom de Serda.

— Bonjour, je suis Romane Serda, la fille d'Éric Serda. Est-ce que par hasard vous le connaissez ?

— Oui c'est mon fils, Éric ! Bien sûr que je le connais !

En appelant au hasard, j'étais tombée sur sa mère… ma grand-mère paternelle, qui vivait du côté de Toulouse. En me souhaitant bonne chance, elle me donna les coordonnées de sa compagne, à Oyonnax, dans l'Ain : « J'espère que tu ne vas pas virer comme lui, ma petite, c'est le déchet de la famille. » Ça a un peu rafraîchi mes ardeurs. J'ai gardé le numéro plusieurs semaines sans rien en faire. Et puis, un soir d'hiver lugubre où je me morfondais, j'ai pris mon courage à deux mains :

— Bonsoir, je suis Romane Serda, la fille d'Éric.

— Oui, oui, je te passe ton père, a fait la voix de femme. Il attendait ton coup de fil…

Sûrement que grand-mère avait vendu la mèche.

Quelques semaines plus tard, on se retrouve à la gare de Lyon pour passer une soirée ensemble à Paris. Son train a du retard. Je tue le temps en regardant les couvertures des magazines, quand je sens une présence dans mon dos. Je me retourne, c'est lui. « Romane, je t'ai tout de suite reconnue ! » Moi aussi, je le reconnais, pieds nus dans ses sandales, habillé comme pour aller à la plage en plein mois de janvier. C'est bien celui que j'imaginais. Je l'emmène dîner dans un restaurant sur les quais de Seine. Il pète en marchant, me demande des nouvelles de ma mère, m'apprend que Noria, sa compagne, est coiffeuse et qu'elle vient d'accoucher d'une petite Lolita. Sa décontraction me désarme, on croirait qu'on s'est quittés la veille. Il ne se préoccupe pas de savoir de quoi je vis ni comment je m'en sors sans chauffage ni douche, dans ma chambrette en rez-de-chaussée. Une sorte de placard à balais de 5 m², rue Sarette, près de la porte d'Orléans. D'ailleurs, ce n'est pas une chambre, c'est une remise où une amie de ma mère, propriétaire dans le même immeuble, entasse tous ses manteaux de fourrure, ce qui me laisse tout juste la place de déplier mon matelas en mousse. Je n'ai pas le droit de faire chauffer quoi que ce soit pour cuisiner, à cause des odeurs, alors que c'est l'un des hivers parisiens les plus froids. Je ne mange que des sandwichs. Mais ce petit refuge me rendra bien service.

Mon père ne s'intéresse qu'à lui et à ses tocades d'un autre monde. Il est féru de tai chi, de qi gong, se montre intarissable sur les corrélations entre le corps et l'esprit. Je ne m'attendais pas à ce qu'il me serre dans ses bras en pleurant à chaudes larmes, mais je suis tout de même déçue. Je n'arrive pas à créer un lien affectif avec lui. En apparence, il est ultra-cool, détaché de beaucoup de convenances, libre, mais à l'intérieur il semble impénétrable. Mon gratin dauphinois me reste sur l'estomac. « Surtout, Romane, si tu as mal au ventre, ne porte jamais de lunettes de soleil ! Il faut que tu regardes du vert. Ça va soigner ton foie. » Non, si j'ai mal au bide, c'est que je me suis fait larguer par mon mec et que j'ai un père qui vit sur Mars. Et aussi qu'habituellement je crève la dalle en cavalant entre deux castings et mes jobs occasionnels :

vendeuse dans un magasin de mode des Halles ou serveuse, le soir, dans un bar mal famé à côté de la gare du Nord, où certains clients me harcèlent et me suivent jusque sur le quai du dernier métro.

Pourtant, je ne lui en veux pas. De ce que j'en sais, il est comme ça. Distant et imperméable à ce que peut être ma vie, il ne s'encombre pas de soucis, de compassion, et ce n'est de la faute de personne si nous n'arrivons pas à communiquer. Il m'a fallu du temps pour le comprendre, mais je crois que si on s'est ratés, mon père et moi, c'est parce qu'il m'était devenu inaccessible, isolé dans la bulle qu'était devenue sa vie. On s'est revus quelques fois, au gré du hasard ou de notre bonne volonté, et j'ai toujours ressenti la même friture sur la ligne. Pendant des années, il m'a envoyé des photos de feuilles mortes. Je n'ai jamais compris pourquoi. Il n'y avait pas de légende, pas de « bisou, ma Romane ». Juste des photos de feuilles mortes tombées sur des pare-brise.

Longtemps, j'ai attendu qu'il redescende sur Terre afin d'entreprendre une tendre communication. Jusqu'au moment où Renaud et moi lui avons fait écouter le morceau *T'étais pas là*, dont j'avais composé la musique.

Vieux routard, vieux vagabond volage
Tu ne voulais pas vivre en cage
Alors, adieu

...

Tu es parti te reconstruire
Un présent et un avenir
Pour toi tout seul.
Est-ce que ça t'a rendu meilleur
De ne vivre que pour ton bonheur
Que pour ta gueule ?
...
Tu oublies mes anniversaires,
Ma vie ne t'intéresse guère
Pourtant parfois
J'aimerais bien un mot, un geste
Pour me faire croire qu'il me reste
Un vieux papa

La première fois que Renaud m'a lu ses paroles, j'ai fondu en larmes. Il a dit : « Tiens ! j'ai réussi mon coup... »

Pour mon père, j'avais sorti les mouchoirs, au cas où. Peine perdue. Il a juste hoché la tête en plissant ses yeux secs : « Eh oui, il faut bien faire des chansons, hein ! » C'était mon père.

Voilà pourquoi durant cette période où j'arpente Paris, le souvenir de mon enfance atypique me prend si souvent en otage. Je ne m'en rends pas vraiment compte mais mon rapport aux autres, notamment aux hommes, est hanté par les ombres du passé. Ballottée entre un père inexistant et un beau-père insaisissable, j'ai dû m'effacer, inventer, dissimuler.

En société, je donne l'apparence d'être cordiale, guillerette, à l'aise en toutes circonstances, mais au fond de moi il m'arrive d'être sombre et malheureuse. Avant tout, je suis rongée par la peur d'être rejetée.

Malgré tout, j'avance coûte que coûte, souvent au gré des rencontres, comme celle avec Jean-Marc. Nous sympathisons dans un avion reliant Montpellier à Paris. Il est le régisseur du Grand Orchestre du Splendid. Il veut me prendre sous son aile, me donne l'idée de faire un book et m'encourage à démarcher les agences de mannequins, tout en me poussant à remiser mes fripes d'adolescente pour une garde-robe sobre et sexy. Je lui dois ma première petite robe noire. Parfois, je trouve refuge chez lui, dans sa chambre d'amis, juste à côté de l'entrepôt de la porte d'Italie où la troupe stocke ses décors et son matériel de scène. Régulièrement, des intermittents du spectacle y font escale pour une ou deux nuits. Il a le béguin pour moi et, même s'il sait qu'il ne se passera rien, il continuera à m'aider en véritable ami. Une disposition que tous ne partagent pas.

À cet âge, j'ai les armes de la séduction mais je manque de confiance en moi. Comment pourrait-il en être autrement puisque j'ai toujours eu du mal à reconnaître ma valeur ? J'ignore qu'il existe plusieurs types d'intelligences. Pour moi, il n'y en a qu'une et j'ai la sensation d'en être dépourvue. Pour en avoir le cœur net, je rêve de passer un test de QI, mais j'ai trop peur d'être accablée par le résultat. N'ayant que très peu été nourrie par les discussions d'adultes puisqu'on me tenait à l'écart, j'ai une culture de sole meunière. Je sais beaucoup de choses et rien à la fois. Si je plais, je m'imagine que c'est de manière superficielle. Alors, il faut que je maquille les cartes. Que je triche. À l'image de cette longue crinière bouclée me donnant de l'épaisseur et des allures de conquérante, et qui n'est qu'un artifice dû aux fréquentes permanentes qui me bousillent les cheveux.

Si je dévoile ainsi mes paradoxes et mes faiblesses, c'est pour ne pas rejeter toutes les responsabilités sur les hommes. Partout où je passe, je dois désamorcer des situations ambiguës. J'ai le besoin viscéral d'exister dans le regard de l'autre, mais évidemment, pas de passer à la casserole.

À l'époque, dans les agences de mannequins, la main au cul est monnaie courante ! Et quand je sursaute, le directeur de casting n'enlève pas sa pogne, il se marre : « Tu vois la brune, là-bas, contre la porte ? Elle est gentille, elle, et elle part demain pour un shooting en Slovaquie... » J'ai aussi eu affaire à des photographes qui me proposaient toutes sortes de subterfuges pour assouvir leurs désirs pervers. Et croyez-moi, en la matière, ils débordaient d'idées... Le cœur battant à mille à l'heure, je m'échappais de ces situations traumatisantes en courant, affolée. Dans le milieu de la musique que je ne vais pas tarder à fréquenter, c'est plus insidieux.

J'ai connu un directeur artistique d'une grande maison de disques qui brandissait l'alibi de la création pour satisfaire sa libido : « Tu comprends : si on ne couche pas ensemble, je ne pourrai pas travailler avec toi. Se trouver en face à face, te désirer à ce point, vouloir t'embrasser et ne pas avoir accès à toi, ça serait contre-productif… » Naturellement, j'ai signé ailleurs. Jamais je n'ai couché pour réussir. À l'arrivée, je ne suis pas sûre d'avoir réussi, mais j'ai au moins réussi ça. À seize ans, j'étais ravie de découvrir l'effet que je produisais sur les hommes, mais cette griserie est un piège.

Je trouve terriblement triste de se sentir obligée de correspondre à cet idéal de femme jeune, jolie, joyeuse et fraîche. C'est difficile de résister à cette tendance car tout nous y incite, et on se persuade rapidement qu'on ne vaut rien si on s'en éloigne. Comme si les femmes n'étaient pas dignes d'être des femmes si elles ne coopéraient pas à ces critères de séduction. Pour ma part, j'ai longtemps été tiraillée entre le fait de correspondre aux attentes des autres, et la tentation de tout envoyer balader.

Mais à l'époque, je n'ai pas encore cette liberté d'envoyer paître ceux qui ne sont pas contents. Les femmes n'ont pas encore le soutien de mouvements comme #MeToo et sont plus vulnérables face aux hommes de pouvoir. Je tente de contrer la superficialité des gens qui jugent en me montrant encore plus superficielle qu'eux. Je ne suis pas dupe des relations qui en découlent, mais j'y perds forcément car je n'ose pas être moi-même, et ce jusque dans mes relations amoureuses. Face à autrui, je ne m'impose pas, je ne dis pas les choses, je fuis. Et puis, je ne sais pas toujours dire non, par conséquent, je ne me réalise pas pleinement. Il m'arrive de me sentir aimée par un homme, puis de comprendre qu'en réalité il ne fait que s'aimer lui-même à travers moi. Au cours de ma vie adulte, j'ai souvent été en couple avec des hommes égocentrés, orgueilleux, voire pervers narcissiques. J'ai eu avec eux cette attitude dévouée dans laquelle je me perdais, par crainte d'être délaissée. Je voulais être acceptée, aimée de mon partenaire, alors je composais avec ce qu'on semblait attendre de moi. Quitte à me renier...

Ce reniement, je le connaîtrai bien plus tard avec un homme manipulateur – si manipulateur que je l'ai pris pour un prince alors qu'il était en fait un monstre. En me rendant compte de qui il était vraiment, j'ai décidé de le quitter. Ma volonté d'indépendance ne lui a pas plu et sa seule réponse a été la violence. Il m'a battue. De toutes ses forces. Effondrée par terre, j'étais terrorisée et ses coups me faisaient terriblement souffrir. Chose étrange dans cet événement traumatique, je me souviens de son chat qui miaulait en le regardant s'acharner sur moi. Il miaulait, les yeux grands ouverts, comme s'il voulait lui parler, lui dire d'arrêter. Malgré les coups que je venais à ne plus ressentir, je voyais aussi sa détresse. Je suis sûre que ce chat comprenait la situation. J'ai bien cru que j'allais mourir cette nuit-là. Ces images me hantent encore aujourd'hui. Cet épisode a été un électrochoc et j'ai décidé de ne plus jamais me perdre dans le regard des autres, des hommes. De ne plus jamais me sentir aussi vulnérable et ne plus jamais subir comme je l'ai fait.

Mais à vingt ans, je n'ai pas encore vécu tout cela et les hommes n'ont pas fini de me déconcerter. Je reprends alors du service à Europe 2, cette fois au siège, rue François Ier, près des Champs-Élysées. Pour moi, la radio, à Paris ou à Montpellier, c'est du pareil au même. En un clin d'œil, je retrouve mes réflexes. Jamais un blanc à l'antenne, les disques s'enchaînent au dixième de seconde. Et pourtant, mon chef trouve toujours un truc à redire : « Tu es trop à la cool... », « C'est dommage que tu ne restes pas à la réunion de 16 heures... » Bah ! Non, je finis à midi. Finalement, c'est mon ami, l'animateur Denis Florent, qui m'ouvre les yeux : « Le directeur d'antenne est raide dingue de toi. Soit, tu le rembarres et tu risques de te prendre un taquet. Soit, tu lui laisses penser que c'est jouable et il sera gentil avec toi... » Comme j'en ai marre de passer pour une nunuche, je teste la première option. Le lendemain, avant même qu'il ouvre la bouche, je l'envoie paître dans les grandes largeurs. Le résultat ne se fait pas attendre. Le jour suivant, quand je me présente dans le hall d'entrée de la station, le portillon reste fermé devant moi. Mon badge d'accès est démagnétisé. Je suis virée. CQFD.

Un pygmalion, un vrai, je n'en croise qu'un seul durant cette période de doute et de vache enragée. Mais pas n'importe lequel : Jacques Martin, immense vedette de la télévision, pape cathodique des dimanches après-midi avec notamment *L'École des fans*. L'histoire de notre rencontre est assez surprenante. Elle débute par un coup de fil d'une amie de ma mère travaillant à Radio France, elle-même intime de Michèle Valentin, une écrivaine, photographe assez réputée. Elle m'apprend que sa copine artiste cherche des modèles pour des photos en noir et blanc. Pourquoi pas ? Quelques jours plus tard, une voiture passe me prendre à la sortie de Paris. À son bord, outre Michèle Valentin, se trouvent Marcel Jullian, son mari, ex-fondateur d'Antenne 2, l'ancêtre de France 2, et Philippe Guilhaume, qui dirige alors les deux chaînes du service public. C'est chez ce dernier qu'on se rend pour un séjour à la lueur des lustres en cristal, dans un château perdu dans la campagne d'Orléans.

Au début, je me demande vraiment ce que je fais au milieu de cet aréopage huppé de sexagénaires. La séance photo se déroule tranquillement. L'histoire bascule quand Marcel Jullian propose de jouer au Trivial Pursuit. Je les avertis d'emblée : « Je suis nulle, j'ai zéro culture générale. » Et, de fait, à côté de ces puits d'érudition, je réalise un carton. Je réponds à côté, je confonds le Mozambique avec un animal, je trouve la réponse à deux siècles près. Mais mon autodérision et ma spontanéité les réjouissent. De fil en aiguille, ils se mettent en tête que je pourrais faire une excellente animatrice télé. Je leur explique que je n'ai pas le bagage, que je préférerais être derrière la caméra comme technicienne, mais ils n'en démordent pas. À un moment, Philippe Guilhaume raconte qu'il cherche à lever des fonds pour je ne sais quel programme. Enhardie par l'ambiance, je me lance. Je connais bien la façon dont des promoteurs sans le sou organisent les festivals de musique : ils envoient la billetterie avant d'avoir signé le moindre contrat et c'est avec cette manne qu'ils mettent l'organisation sur pied. Je tranche : « C'est simple, vous amorcez le truc avec l'argent des autres, derrière ça enclenche et, ensuite, vous remboursez ! En gros, vous travaillez avec l'argent des autres. » J'ai cru que je venais de décrocher le Nobel d'économie. Ils ont donc vu en moi une jeune ingénue capable de fulgurances, qu'il ne reste plus qu'à former. Philippe Guilhaume décide de confier la tâche à Jacques Martin : « C'est d'abord un homme de théâtre. Il va vous donner des cours, vous familiariser avec l'univers de la télévision, on verra ensuite ce qu'on peut vous confier comme émission. Je l'appelle dès lundi… »

Le vendredi suivant, au théâtre de l'Empire, j'arrive en pleine répétition de la grand-messe dominicale. Une ruche bruyante et survoltée. Sur scène, Patrick Bruel règle la balance avec ses musiciens. Des essaims de techniciens et d'assistantes s'affairent dans les coulisses et les travées. Chaque dimanche, l'homme qui a révolutionné la télé de divertissement et contribué à faire connaître Pierre Desproges ou Laurent Ruquier, assure près de six heures d'antenne à lui tout seul. Autant dire que le grand Jacques a d'autres urgences que de révéler l'animatrice qui sommeille en moi.

— Enchanté, mademoiselle. Alors, qu'est-ce que vous voulez ?

— Je ne sais pas... Vous n'êtes pas au courant ? Philippe Guilhaume...

— Oui, oui, je sais bien, Philippe Guilhaume vous envoie... Mais qu'est-ce qu'on va faire ?

On va faire un bon bout de chemin ensemble. Ce jour-là, il me demande de travailler des textes et des chansons de cabaret. Le vendredi d'après, il m'aide à modifier mon port de tête et me donne des cours de maintien. Il m'incite à regarder les gens dans les yeux, toujours. La fois suivante, on attaque les classiques. Je joue Agnès de *L'École des femmes*, il me donne la réplique, me montre comment poser ma voix. Au fil des semaines, il devient pour moi une sorte d'oncle bienveillant, je n'ose pas dire de père, et lui-même se prend au jeu, m'incitant à la confidence, me guidant dans le labyrinthe de mes contradictions. Enfin, je respecte quelqu'un sans qu'un lien hiérarchique m'y oblige. Il me consacre une heure par semaine après chaque répétition, tous les vendredis. Ses conseils égrenés d'une voix de stentor résonnent sous les cintres du théâtre désert. Après nos séances, nous empruntons un ascenseur pour regagner les loges et il rejoue pour moi *L'École des femmes* : « En compagnie d'un homme dans un ascenseur, tu peux être couverte de la tête aux pieds, avoir un décolleté ou porter un bikini, si le type est pesant, tu coupes net : "Monsieur, votre regard me gêne", ou encore : "Monsieur, il me semble que vous êtes mal membré…" » Il me fait rire et, de mon côté, je le divertis de ses soucis d'homme public. Je lui parle de l'ANPE où, après avoir pointé épisodiquement, j'ai fini par décrocher un intérim à la section « métiers du spectacle ». Pour une fois, c'est lui, cet homme cultivé, qui joue l'ingénu : « C'est quoi l'ANPE ? » Un autre jour, je manque de conviction en chantant l'immortel refrain : « Il pleut sur mes lunettes, je n'y vois pas très bien… »

— Ça manque d'intensité, Romane !

— Vous avez vu les paroles, c'est difficile de mettre du cœur !

— Comment ça, les paroles ! C'est moi qui l'ai écrite, cette chanson. Elle a beaucoup de succès…

— Bah ! C'est sûrement parce que je ne porte pas de lunettes. J'ai du mal à l'incarner…

Semaine après semaine, j'ai l'impression de forger la colonne vertébrale qui m'a toujours fait défaut. Mon mentor fait voler en éclats mes timidités de débutante, sur la scène comme dans ma vie de femme. J'aime sa culture et même ses gauloiseries. Dans sa bouche, elles ne sont jamais vulgaires. Quand je me pointe avec un bustier en coton ultra-court, il me signale ce faux pas en remisant à sa façon ma panoplie de bimbo libérée : « Mais c'est quoi, ça ! Tu es en sous-tif ? C'est ce que nos grands-mères portaient sous leurs robes en mousseline… » Pourquoi personne ne m'a jamais rabrouée avec autant d'affection ?

Au bout d'un an, ma carrière d'animatrice n'a pas avancé d'un pouce mais je boucle un délicieux voyage en compagnie d'un guide sans pareil. Entre-temps, Philippe Guilhaume, connu pour avoir déboulonné Michel Drucker, a été viré avec pertes et fracas. J'espère qu'il ne pensait pas à moi pour le remplacer… Je plaisante, c'est de l'humour comme avec Maître Jacques. Au fond de moi-même, je n'imaginais pas que ce métier était pour moi, j'étais trop timide à l'époque, et, de toute façon, mon CV d'apprentie comédienne commençait à se garnir doucement.

Quand une crinière dorée de mouton Shetland apparaît furtivement en haut à droite de l'écran, c'est souvent moi. À l'ANPE du spectacle, mon boulot consiste, pour l'essentiel, à classer les fiches des comédiens par ordre alphabétique.

Ça me laisse du temps pour éplucher, en avant-première, les offres d'emploi concernant les futurs tournages. J'enchaîne un rôle de figurante dans une série TV avec Bernard Giraudeau dont j'ai oublié le titre avec trois épisodes de la série *Aldo la classe* ou *Aldo tous risques*, dont je ferais mieux de ne pas me souvenir. En même temps, j'ai adoré Aldo Maccione, une crème, super amoureux de sa femme, à l'opposé du macho immortalisé par Claude Lelouch.

Je ne fais pas que scruter les petites annonces de l'ANPE, où je ne reste d'ailleurs que trois mois. Depuis peu, je prends des cours de comédie et j'ai découvert une pédagogie d'inspiration américaine : la mémorisation sensorielle. Les séances se déroulent dans une grande pièce ornée de vitraux, juste au-dessus du Casino de Paris. Si la méthode ne portait pas le label Actors Studio, on pourrait se croire dans un asile psychiatrique. Ça gueule, ça pleure, ça s'esclaffe dans tous les coins. Le but consiste à extirper de soi les émotions perdues pour les revivre à leur paroxysme. On est assez loin des saynètes de Jacques Martin, mais l'exercice me plaît. Des sentiments déchirants, j'en ai un paquet dans le ventre. Mon voisin tonitrue dans mes oreilles comme s'il venait de retrouver par hasard son meilleur ami. Il me dévisage, à la limite de la convulsion : « Putain ! Robert… C'est toi, Robert ! » Surtout, ne pas le démentir. Je contre-attaque en convoquant mes fantômes préférés : « Papa, maman, vous m'avez manqué ! » Les larmes montent, je me sens un peu ridicule, mais comme la prof a l'air de considérer qu'avec le pote de Robert on est à deux doigts de décrocher un oscar, je me laisse submerger par mon chagrin.

Dans mes rêves les plus fous, j'aimerais que Luc Besson m'offre un grand rôle. Ou un petit. Je suis fan depuis *Le Grand Bleu* que j'ai vu au moins dix fois à Montpellier. Quand *Nikita* sort sur les écrans, je me précipite à la première séance. La claque. Je m'imagine à la place d'Anne Parillaud. Je décortique les scènes, j'analyse son jeu. Mais la réalité me rattrape vite. Et je me retrouve en maillot de bain dans une piscine à siroter des cocktails avec le chanteur Carlos pour le tournage d'un clip. Je participe à des pubs pour les cahiers Oxford, Air France et Peugeot. On m'entre-aperçoit aussi dans *Les Nuits fauves* de Cyril Collard et dans le premier film de Fabien Onteniente, *À la vitesse d'un cheval au galop*. Un titre qui résume assez bien la durée de mon apparition. En fait, les seuls écrans sur lesquels on est sûr de ne pas me rater sont ceux d'AB productions, les rois de la sitcom pour adolescentes prépubères. Financièrement, ça tombe bien car c'est un vrai filon et, à bientôt vingt-et-un ans, j'ai passé l'âge de vivre comme une étudiante fauchée. Dans les studios de La Plaine Saint-Denis, les tournages se succèdent sans répit. J'ai commencé par la série *Les Musclés* où je suis transie d'amour pour un dénommé Framboisier. Puis, j'ai enchaîné avec *Premiers Baisers,* dont je deviens plus ou moins une récurrente, au point que l'on m'y appelle par mon vrai prénom. Pour le Festival de Cannes, ce n'est sans doute pas la carte de visite idéale mais je ne suis plus la fillette qui ne vivait que de mirages. J'ai les deux pieds sur terre et je prends les expériences comme elles viennent. J'aime ce que je fais, et ces situations m'amusent beaucoup.

Par exemple, le jour où une copine m'annonce qu'elle va passer une audition au Crazy Horse, ça me prend de l'accompagner. Je l'ai rencontrée dans les bureaux de casting où elle postulait comme danseuse avant de devenir strip-teaseuse au Milliardaire. Elle est sûre d'être prise, et je la crois volontiers parce qu'elle a une plastique de rêve, les mensurations idoines et que, même quand elle marche sur le trottoir, on croirait qu'elle est prête à se désaper tellement elle ondule langoureusement. Le Crazy Horse, tout le monde connaît de réputation, mais il faut le voir pour le croire. Dès notre arrivée, les consignes d'Alain Bernardin tombent en rafales. Le fondateur des lieux règne sans partage sur son cheptel. Interdiction pour les danseuses d'être accompagnées ou déposées en voiture par un homme à moins de deux cents mètres de l'établissement. Obligation d'entrer par une porte dérobée sur le côté. Pesée quotidienne obligatoire, pas le droit d'adresser la parole aux techniciens. Le tout sur fond de canapés arrondis en cuir blanc, d'alcôves tamisées, de boules à facettes et de barres de pole dance. Une caserne militaire déguisée en temple de l'érotisme chic.

Les auditions se succèdent et, vu qu'avec mon mètre soixante-dix je mesure la taille requise, je décide à l'esbroufe de tenter ma chance. C'est ainsi que je me retrouve sur scène en train de chalouper en string et talons de dix centimètres sur une musique très peu entraînante, que je ne connais pas. En revanche, je n'ai rien oublié de mes cours de danse. Et à ma grande surprise, le vieux maître semble emballé par ma chorégraphie improvisée. Il demande d'essayer des costumes, on ajuste des perruques et la hauteur de mes talons afin que ma taille soit parfaitement alignée sur celle des autres danseuses. On me pèse, on scrute la régularité de mes traits, la fermeté de mes seins, on me répète pour la millième fois les consignes. Et je suis sélectionnée ! À l'inverse de ma copine qui, elle, s'est fait retoquer à cause de son nez : « Faites-vous opérer mademoiselle, sinon il vaut mieux oublier le Crazy », l'a achevée Bernardin de son ton d'adjudant.

Le soir, en retrouvant mon amoureux, je me réjouis à l'idée de lui raconter ma journée. Une créature du Crazy Horse, c'est quand même autre chose qu'une banale danseuse de Mylène Farmer, non ? À l'époque, ça fait déjà un bout de temps que j'ai repris ma vie sentimentale à l'épisode précédent. J'ai revu Patrice lors d'un concert de Goldman. Je m'y étais rendue un peu pour Jean-Jacques, beaucoup pour lui. Il était à nouveau célibataire et, comme de mon côté, je n'avais jamais cessé de penser à lui, on n'a pas tardé à emménager ensemble dans un appartement bourgeois du 16e arrondissement qu'il partageait avec un ami. C'est drôle cette manie de vouloir mettre un point final à tous les événements inachevés de ma vie. Avec Patrice, ça se passe un peu comme avec mon père : au début, j'ai envie d'y croire puis, très vite, on retombe dans les schémas du passé.

Il y a des moments formidables comme quand on part en vacances, l'hiver, avec ses potes techniciens, éclairagistes et profs de ski. On loue un grand appart à la montagne, on chante et écoute Zucchero le soir dans les effluves de vin chaud. Les choses sont douces, il n'y a pas de fausse note. Patrice est dans son élément et n'a aucune raison de vouloir s'en évader. Dans la vie de tous les jours aussi, il nous arrive de ressembler à un couple parfait. Sauf quand je chante. Oui, je chante tout le temps et ça le soûle. J'ai passé mon permis de conduire, et ma première voiture, une vieille R16, ne démarre jamais sans qu'on la pousse. Quand Patrice n'est pas là, je suis obligée de demander aux passants de m'aider. Sinon, c'est lui qui s'y colle tous les matins. Il a le don pour se montrer aussi sécurisant qu'irresponsable. Avec lui, je ne sais jamais à quoi m'en tenir. Enfin, si, je sais. Parfois, il prolonge ses dates de tournée pour se rendre dans des rave partys. C'est la mode, ça vient de sortir. Il a délaissé la seringue pour plonger dans les pilules qui font danser jusqu'au bout de la nuit. Et qui donnent, paraît-il, une furieuse envie d'avoir des rapports sexuels. « Arrête, Romane ! C'est que de l'ecsta, tout le monde en prend… » Quand j'essaye de le ramener à moi, il me fait passer pour une sorcière. Alors, je me protège à ma façon : en le trompant parfois. Je l'aime, mais je le maudis de saccager notre amour. À son infidélité, je réponds par une trahison. C'est tout ce qui différencie la fin de notre deuxième acte de l'épilogue précédent. Point final.

Pendant plusieurs semaines, je m'entraîne quotidiennement au Crazy Horse. Bernardin veut me confier un solo, le Graal de la danseuse « habillée de lumières », comme dit le slogan. Mon numéro dure trois minutes. J'ai une chorégraphe rien que pour moi. On me fait répéter à l'infini les mêmes déhanchements autour d'une barre de pole dance. En supplément, je dois bosser pendant des heures ma condition physique et les fondamentaux de la danse classique. Une main sur la barre, descendre, remonter, talons, cambrée… « Allez, on reprend, et n'oublie pas de sourire ! » Quand je sors de là, je ne sens plus mon dos, ni mes jambes. Ce ne sont même plus des courbatures que j'ai, mais des tendinites. En même temps, je vide mes forces et ça me nettoie la tête. J'ai toujours aimé ça. À la fin des répétitions, je suis prête à signer le contrat type que Bernardin propose à ses danseuses. Quasiment le même cachet que la société Télé Images me fait miroiter pour tenir l'un des rôles principaux de sa nouvelle série : *L'Annexe.*

Dilemme. Si je laisse passer ma chance, les producteurs n'auront qu'à piocher dans leur vivier de blondinettes délurées pour me trouver une remplaçante. À l'inverse, une danseuse de solo, ça ne court pas les rues. Je me résous à accepter le rôle de Marie, quitte à retourner au cabaret plus tard. La gentille chorégraphe m'a longtemps proposé d'y retourner mais, finalement, je n'y ai jamais remis les pieds. Cet intermède dans la peau d'une vestale sensuelle et intouchable aura tout de même produit l'effet d'un baume réparateur sur mes complexes. Dans la foulée, mes fesses apparaissent au générique d'une émission érotique présentée par Marlène, égérie sexy du moment et éphémère candidate à l'élection présidentielle de 1995. À l'écran, on jurerait que ce sont les siennes. C'est le but. J'appartiens à une agence de modèles qui met sur le marché des pièces détachées. Il y a des mannequins bras, ou seins, ou pieds. Moi, je suis mannequin cul.

L'Annexe est une série diffusée sur France 2 à la fin de l'année 1993 pour contrer l'hégémonie d'AB Productions et de TF1. Trois mecs et deux filles, une quarantaine d'épisodes de vingt-huit minutes diffusés quotidiennement, quatre mois de tournage à raison de quinze heures par jour. C'est dur mais très formateur, j'apprends beaucoup et je n'ai pas le temps de pleurer sur mon sort. Malgré le climat étouffant qui va avec. Chaque jour, un chauffeur du tournage passe me chercher à 6 heures pour m'emmener aux studios de La Plaine Saint-Denis. On tourne successivement dans un décor de pizzeria, dans un faux appartement loft – le mien, enfin celui de Marie, somptueux – et en extérieur, ou dans un bar voisin qui s'appelle réellement L'Annexe. Le chef opérateur sort avec l'actrice qui joue Leïla, la brune, la nana stricte dans la série, pas vraiment sympa dans la vie non plus. Lui, je le soupçonne de vouloir se taper toutes les filles qui passent dans sa focale. Chaque matin, il m'interpelle sur le plateau : « Romane, tu as encore oublié ta montre sur ma table de nuit… » Forcément, ça ne met pas sa copine dans les meilleures dispositions à mon égard. On minaude devant les caméras mais, entre nous, l'ambiance est à couteaux tirés. Le réalisateur tient un tableau où il recense la moindre prise à refaire avec le nom de la fautive. C'est la guerre.

Marie est censée avoir seize ans alors que j'en ai bientôt vingt-trois, mais les adolescentes s'identifient volontiers à mon personnage. Tandis qu'on continue de tourner, la diffusion des premiers épisodes fait un tabac auprès du public adolescent. Ma petite sœur Lolita rêve que je vienne la chercher à l'école car ses copines ne croient pas qu'elle est réellement ma sœur. Elle a les cheveux noirs très frisés car sa mère est algérienne.

Le week-end, je ne peux plus me rendre au supermarché sans que des grappes d'admiratrices s'accrochent à mon caddie et sourient de toutes leurs bagues : « Marie, Marie, t'es trop belle ! » Les journalistes me sollicitent pour des interviews. Mon visage s'affiche en une de magazines télé. Le soir, quand les autres comédiens partent boire un coup entre eux – sans me convier –, de mon côté, j'enchaîne les heures supplémentaires pour des séances photo ou interviews. Ce rythme décalé n'arrange rien à l'ambiance pourrie qui règne sur ce plateau. Ils m'envient, ils se rêvent tous au sommet de la gloire… alors que je prends ce rôle de Marie comme une étape professionnelle et non comme l'aboutissement de ma carrière. Ma renommée soudaine s'immisce jusqu'au sein de ma famille. Des cousins et cousines font soudainement leur apparition. Un jour où je retourne chez mes parents, j'ai l'impression de découvrir mon beau-père sous un nouveau jour. Il est aux petits soins, il s'interrompt de parler pour m'écouter. Il doit penser que je me prends bien en mains. J'ai le sentiment d'exister enfin à ses yeux.

Ce vedettariat passager ne fait qu'accroître la jalousie de ma rivale et les tensions sur le plateau. Les cadences sont éreintantes, il faut apprendre son texte la veille pour le lendemain. Chaque fois qu'on dit « Moteur ! », j'ai envie de fondre en larmes. En même temps, vu que Marie s'écroule en pleurs sur certaines scènes, je suis raccord. Du coup, quand une énième fourberie de Leïla est censée me dévaster, je pense à l'ambiance du tournage et je sanglote sur commande. « Merci, Romane, bravo. C'est dans la boîte ! », opine le chef op' d'un ton hypocrite. « De rien, je réponds modestement, c'est une méthode américaine. »

7

Idylle à Piccadilly

Moi le ciel gris, c'est mon grigri
Mon bonheur dans les nuages
J'aime voir tomber la pluie
Et ce sorcier qu'on met en cage

Chaque fois qu'on m'interviewe au sujet de *L'Annexe*, je glisse un mot sur ma passion pour la musique en espérant qu'un producteur l'entende un jour. Et justement, un compositeur saisit cette bouteille à la mer et me propose d'enregistrer une première chanson, avant de m'enseigner les rudiments du solfège. Le reste, la voix, ça se travaille.

L'année précédente, j'ai connu ma première expérience de chanteuse et j'en suis encore grisée. Lors d'un concert au Gibus, un duo de copains musiciens m'a fait une place au micro. Je n'ai chanté qu'un seul morceau, une friandise pop et glamour, et l'accueil enthousiaste du public a été très stimulant.

Pour le moment, je ne tournerai pas dans le film de mes rêves, mais j'ai le chic pour transformer ma vie en scénario de cinéma. Alors que je suis cataloguée comme actrice de sitcom et que je bous de me frayer un chemin dans le milieu musical, je ne trouve rien de mieux que de tout sacrifier pour me jeter à cœur perdu dans une aventure sentimentale qui ne mènera nulle part, si ce n'est de Paris à Londres, en passant par le Liberia et autres destinations rocambolesques. Tony m'a eue au bluff, c'est sa spécialité. Et c'est un peu la mienne d'être crédule.

Au départ, il remarque ma photo chez ma grande copine Regina, que j'ai connue sur le tournage des *Nuits fauves*. Il insiste pour qu'on se rencontre. Il en rajoute sur la drague et les bonnes manières. Ce déploiement de force me séduit plus ou moins. Je le trouve galant, mais un peu trop macho, très sûr de lui. Je sais que mon amie a un faible pour les mecs blindés, mais dans son cas ça dépasse toute commune mesure. Il vit à l'année dans une suite au dernier étage du Trianon Palace, à Versailles. Quand sa Bentley est au garage, il sort sa Mercedes. Pour partir en week-end, il envisage d'affréter un avion privé comme moi je réserve un taxi. Il dit qu'il travaille dans la finance – l'import-export, les produits de luxe, les pierres précieuses – ce qui l'amène à beaucoup voyager en Europe, mais aussi en Afrique. Il peut dire ce qu'il veut, ce genre de business me parle autant que l'astrophysique. Ce qui m'interpelle, en revanche, ce sont ses origines italiennes. Sous son déguisement en prince-de-Galles, je distingue le côté authentique et rude de ses racines de boulanger sicilien. Moi aussi, je viens de la cambrousse, je suis une terrienne travestie en poupée Barbie. Son numéro de charme anesthésie probablement mes dons extralucides car je ne soupçonne pas un seul instant qu'il a hérité du pays de ses ancêtres de solides accointances avec la mafia locale. L'esbroufe.

J'ai connu le dénuement et ce n'est pas la précarité qui me rendait malheureuse. Je me fous d'être riche. Je ne suis pas vénale, même si j'apprécie les belles choses. Je préfère vivre intensément que de crouler sous les bijoux. Tony m'offre les deux, et tant pis si les montres Cartier et les sacs Chanel se révéleront être des faux. En fait, la raison est si étrangère à mon cœur que j'ai l'art de tomber amoureuse pour un détail. Avec Patrice, c'était peut-être ses yeux rieurs et sa façon de se tenir droit comme un chêne. Avec Renaud, plus tard, ce sera sa tendresse, la lueur qui brillait dans son regard clair-obscur de naufragé lorsqu'il se raccrochait à moi. Pour la première fois, je me sentais indispensable aux yeux de quelqu'un. Avec Tony, ce n'est pas sa fortune supposée qui me fait succomber. C'est son attitude protectrice quand il ouvre une porte et qu'il me fait passer devant lui en posant une main ferme et délicate au creux de mes reins, son côté calme, serein, les histoires folles qu'il me raconte, sa vision des choses, paradoxalement très authentique.

Après ma rupture avec Patrice, j'ai besoin d'arrimer ma vie à quelqu'un de fort. Tony déborde de persuasion, c'est un peu son fonds de commerce, et ça me change des failles de son prédécesseur. Ensuite, je vais comprendre qu'il ne vit que sur l'argent des autres et qu'il n'a pas un rond, mais là, c'est une autre facette de ma personnalité qui prend le relais. Mon jusqu'au-boutisme. J'ai tellement souffert de solitude que je pourrais nouer un pacte indéfectible avec le diable. Avec moi, c'est à la vie, à la mort. Parfois, même, le vide m'aspire. Après tout, dans « romanesque », il y a Romane.

Pour Tony, je suis contrainte de renoncer à mes prétentions d'actrice et de chanteuse. De notre suite du Trianon Palace, je vois défiler les occasions professionnelles sans jamais parvenir à les saisir. Chaque fois, il trouve un argument pour me retenir : « Un casting dans trois jours ? Ce n'est pas possible, j'ai prévu qu'on parte ensemble à New York après-demain ! » Je prépare alors ma valise. Pour rien. À l'ultime seconde, il y a toujours un imprévu. Un rendez-vous urgent, une opération financière qui ne peut pas attendre. Et je reste cloîtrée dans mon rôle domestique de Pretty Woman. Je suis furieuse, je lui en veux de me tenir sous cloche comme ça. De m'empêcher même de prendre un simple cours de danse car nous sommes en permanence sur le qui-vive, prêts à partir. Je passe à côté de ma vie, de mes passions. Il repousse toujours les événements. Je ne veux pas être faible, je ne veux pas lâcher à la première tempête, mais cette vie ne me correspond pas. Je trouve tout ça tellement ridicule. Il vit comme perché au-dessus de son existence, sans même en profiter vraiment. Une vie d'esbroufe où il me contraint et me rend dépendante : je n'ai plus de logement, plus de travail… et bientôt plus d'argent. Malgré ça, le besoin de me sentir aimée et désirée est plus fort que tout, je ferme les yeux sur ces conditions qui m'oppressent et posent un voile sur mes aspirations artistiques. Je ne veux pas avoir la faiblesse d'abandonner une histoire pour des raisons d'emploi du temps, et j'espère chaque fois que les choses évoluent, que j'aurais la possibilité de me réaliser et m'épanouir. Je patiente dans l'espoir qu'il comprenne.

Il passe ses journées au téléphone. Je l'entends jongler avec les millions de dollars, en français, en anglais, en italien. Quand il part en rendez-vous, un factotum est toujours accroché à ses basques, l'ancien secrétaire particulier de Jacques Dutronc, un type totalement accro au casino. Si je prévois d'aller retirer de l'argent, Tony prend les devants : « Combien ? Je vois ça avec le caissier de l'hôtel… », ce à quoi je réponds : « Non, c'est bon, je vais aller au distributeur… » Merci, mais je me débrouille ! Ce genre de réaction aurait dû me mettre la puce à l'oreille. Parfois, très rarement, je baisse la garde. Il écume alors les enseignes de luxe de l'avenue Montaigne pour m'offrir une robe somptueuse. Il m'explique que les signes de richesse sont essentiels dans son métier pour gagner la confiance des puissants hommes d'affaires ou des ministres africains. Un bolide de collection, une adresse ultra-chic, une femme vêtue d'or et de soie… et voilà, je me retrouve ouvertement « faire-valoir », ce qui me pousse à fuir les dîners d'affaires, toutes les représentations. En même temps, je me demande pourquoi il nous manque si souvent des pièces pour acheter du pain ou mettre de l'essence dans la voiture.

Les voitures, parlons-en. Avec les cachets de *L'Annexe*, j'ai acheté une Opel Corsa bleu électrique, ma première voiture neuve. Mais Tony me demande de la revendre et me fait cadeau d'un sublime coupé Mercedes 500 SL venu d'Italie. Curieusement, il ne veut pas s'occuper des papiers. Je m'adonne à la conduite sportive pendant quelques semaines et puis, un beau jour, ma voiture se volatilise. Sur le parking en bas de la maison. Curieusement, Tony ne veut pas faire marcher l'assurance… Un autre jour, on part en Italie pour récupérer sa Bentley tombée en panne lors d'un déplacement professionnel. Je m'étonne qu'il ait insisté pour que je l'accompagne, mais lorsque nous arrivons chez le garagiste, surprise ! La voiture est sous séquestre, le paiement de Tony a été bloqué par les banques, et l'ardoise est pour moi… À force de dépanner mon homme d'affaires, j'ai déjà perdu toutes mes économies et j'ai dû contracter un emprunt. Sans logement ni occasion de tournage, je me retrouve pieds et poings liés. Dès lors, ce n'est plus Pretty Woman, c'est Bonnie and Clyde.

Tony me tient sous son emprise, j'en ai conscience. J'ai refusé net quand il a proposé à mon beau-père des placements financiers aussi mirobolants que bidons. Pas la famille ! Pour le reste, les mauvaises fréquentations, les flics, les perquisitions, c'est comme les voyages au Liberia en pleine guerre civile, ça forme la jeunesse. Je vis avec un escroc *loser* qui essaye de détourner l'argent des banques et de ceux qui croient en ses plans financiers douteux. Je ne comprends rien à ses montages, il ne cherche pas, non plus, à me les expliquer, en revanche, sa philosophie est limpide : « Tous les matins, il y a quelque part un couillon qui se réveille, il suffit juste d'être là ! » Cependant, derrière la vitrine luxueuse qu'est devenue notre existence, nous sommes en permanence dans la merde. Ce mec est un mytho.

Après le Trianon Palace, on pose nos bagages à deux pas de la Maison de la radio dans un triplex avec terrasse et ascenseur privé. Ça ne dure qu'une poignée de mois car tous les matins les propriétaires sont sur le pas de notre porte. Ils n'arrivent pas à encaisser leur loyer exorbitant. Tony se planque au bistrot avant leur arrivée et j'essaye de faire bonne figure face à leurs menaces : « Si votre ami est à sec, on va faire saisir sa voiture d'émir ! On a confiance en vous, mais lui, on ne le sent pas… » Ensuite, on se replie vers l'Odéon, dans un immense appartement bourgeois meublé aux murs tapissés de tableaux et de photos de famille. C'est là qu'un jour les policiers déboulent à l'aube. Perquisition, garde à vue. On se croirait dans un film, alors je leur sers une réplique de cinéma : « Ah ! non, je ne pars pas comme ça, d'abord, je prends mon petit déj', et je me lave les dents !… » Pour la première fois, Tony semble inquiet. « Romane, détends-toi, me glisse-t-il. Et surtout, ferme-la ! » À la PJ de Nanterre, les flics ont compris que je n'étais pas impliquée dans ses affaires. Ils font copains avec moi. L'un d'eux m'a reconnue. Ils plaisantent : « Plus tard, tu penseras à nous en jouant les policières ou les femmes de gangster. Pas besoin de stage… » Et puis quand je suis bien en confiance, ils me demandent si je connais un certain Bernardo ou Renato, j'ai oublié le nom. J'écarquille les yeux. Inconnu au bataillon. Finalement, ils me relâchent et j'en suis quitte pour un petit sermon : « Faites attention à vos fréquentations… » Tony ressort le lendemain sans aucune charge contre lui. A priori, c'était surtout ses correspondants qui étaient visés dans cette enquête.

Là, sincèrement, j'aurais pu dire stop. Mais je n'ai pas le temps ni la lucidité nécessaires à la réflexion. Nous sommes lancés dans une course frénétique où la priorité n'est pas de freiner mais d'accélérer encore pour semer les trouble-fête. Car, parfois, c'est aussi la fête. Tony a un fils de douze ans, Matéo, qui nous rejoint pour les vacances. Rien n'est trop beau pour lui. À titre exceptionnel, son père débranche le téléphone et nous partons en famille à la découverte du Grand Canyon ou du bush australien. Et c'est moi qui suis heureuse comme une enfant. Dans un autre registre, il y a ce voyage au Liberia et en Sierra Leone, où Tony possède ses entrées dans tous les ministères. Quand nous atterrissons sur une piste défoncée par les éclats d'obus, je suis loin d'imaginer que je repartirai de là-bas avec des paillettes plein la tête. Cadeau d'un haut dignitaire de Monrovia. Un sachet de poudre d'or, pas encore nettoyée, ni polie, avec des grains de toutes les tailles. Je me revois en train de transvaser mon trésor dans l'une de mes fioles à parfum. Puis passer la douane à Roissy sous la double protection du passeport diplomatique de mon compagnon et de mon statut d'attachée culturelle… Évidemment les titres diplomatiques sont faux eux aussi.

Je veux des amours fous, un boulot de dingue, un destin exaltant. Pas une fuite en avant qui nous ramène sans cesse au point de départ. Les premières fois m'électrisent, rarement les secondes. Quand les policiers suisses nous arrêtent à Genève au lendemain d'un rendez-vous de Tony avec ses acolytes italiens, c'est le déclic. Le remake n'a rien à voir avec ce que j'ai déjà connu en France. La scène débute au matin dans un hôtel donnant sur le lac. Je me trouve dans la salle de bains quand des types défoncent la porte d'entrée de notre chambre. Je me barricade, persuadée qu'on se fait braquer. Je suis toute nue, planquée dans la baignoire, et j'entends : « Y a quelqu'un ? Sortez ! Ouvrez cette porte ! » Puis, la porte de la salle de bains explose et je découvre Tony immobilisé sur le lit, tenu en respect par un mec pointant un flingue sur sa tête, et un autre lui faisant une clé de bras. Et moi, à poil, au milieu de cette scène. Sept hommes en tout ont fait irruption dans notre chambre. Au bout de quelques secondes qui me paraissent interminables, ils me disent : « Ne vous inquiétez pas, nous sommes de la police. »

Le reste est à l'avenant de cette interpellation musclée. Empreintes, photos de face et de profil, deux jours et deux nuits dans une cellule avec un lit en béton et pas de matelas. On me sert des Bolino froids. J'avais oublié combien c'était dégoûtant, les Bolino. Seule dans ma cellule, les flics ouvrent parfois la petite fenêtre devant la grille, comme dans les films, lorsque je gueule que j'ai soif. Il faut crier pour qu'ils nous entendent. Il y a d'autres détenus autour de moi, mais je ne les vois pas. Dans ma cellule, la lumière au néon est continue, si bien que j'ignore si c'est le jour ou la nuit. Je ne dors pas. « Ici, vous n'avez pas les mêmes droits qu'en France », ne cessent de justifier les flics suisses. Ils ont saisi toutes nos affaires. Ils vident le dentifrice, mes crèmes de beauté jusqu'à la dernière goutte pour voir s'il n'y a rien de caché dans les pots. Ils m'humilient en me demandant d'un ton condescendant si je me prostitue lors de mes interrogatoires quotidiens. Lorsque je monte dans l'ascenseur pour faire enregistrer mes empreintes, seule avec un flic, il essaye doucement de me prendre dans ses bras. Comme pour me consoler, me disant sur un ton faussement gentil : « Si vous parlez, vous savez, on vous laisse partir. » Au fil des heures, je devine qu'ils veulent me faire craquer, car leur dossier est creux. Et j'en ai la preuve quand ils finissent par nous relâcher contre une pauvre amende pour « filouterie d'auberge ». Je ne vois pas comment on aurait pu payer l'hôtel en le quittant les menottes aux poignets, encerclés par des flics ! Tout ça pour ça. Au final, quarante-huit heures dans la peau d'une criminelle, pendant que les flics détaillaient mon carnet de chansons, dans lequel j'écris quand je suis lassée d'attendre Tony et de rêver d'une vie simple et authentique. Mot à mot, ligne par ligne, comme si la clé de l'enquête s'y trouvait.

Notre amour sans issue,
Le désamour qui me tue
Je suis dans cette vie que je n'ai pas choisie
Débordée de sentiments non consentis
Je pense à toi, l'homme impossible…

Évidemment, il n'y a aucun sens caché à ces paroles. La seule vérité qu'elles recèlent, c'est qu'avec Tony ça sent la fin.

Quand il décide de s'installer à Londres – pour quinze jours initialement –, je suis encore dans ses bagages, mais la fascination s'est envolée. Au début, je n'aime pas Londres. Je parle très mal anglais, j'ai l'impression d'y perdre mon temps, mais je m'accroche et je m'y sentirai finalement comme chez moi. J'ai fini par comprendre que Tony ne valait pas les sacrifices que je faisais pour lui. Désormais, je suis déterminée à tout mettre en œuvre pour regagner mon indépendance, en commençant par me tenir à distance de ses magouilles. Je dois construire une vie qui me ressemble.

Rapidement, je prends des cours de phonétique pour améliorer mon accent de comédienne et briguer des petits rôles en VO, car je n'ai pas envie d'être cantonnée aux personnages de Françaises. Deux fois par semaine, je me rends également chez Helena Shenel, une professeure de chant qui peut s'enorgueillir de compter Annie Lennox, du groupe Eurythmics, parmi ses élèves. Quand je patiente dans la salle d'attente, j'entends des filles qui font trembler les murs sous leurs vibratos de cantatrices. J'aimerais tant savoir chanter comme elles. À Paris, je m'étais déjà inscrite à un cours, et la prof n'avait eu de cesse d'essayer de gommer le petit décrochage que j'ai dans la gorge lorsque je pousse le volume. À Londres, c'est tout le contraire. Ma préceptrice m'encourage à persévérer : « Chaque chanteuse possède sa marque, ce sont les défauts qui font les qualités. »

J'apprends à aimer Londres car, dans ma quête perpétuelle d'identité, c'est une page vierge. Mes errements et mes foucades appartiennent au passé. Ici, les gens me surnomment Brigitte car ils me trouvent une ressemblance avec Bardot. Enfin, je pense que c'est surtout que je suis française. J'ai ma propre vie, de plus en plus distante de celle de Tony, et la musique est au centre de ce nouvel ADN. Tandis qu'il se rend à ses rendez-vous, je ne passe plus mes journées à me ronger les sangs. Je m'enferme dans notre chambre d'amis et je répète mes gammes à l'infini. J'ai acheté une table de mixage quatre pistes à l'aide de laquelle je peux poser ma voix sur les chansons des autres. Je suis fan de la déesse pop/country, Sheryl Crow, qui enchaîne les tubes planétaires. Dans mon micro, je m'égosille du matin au soir sur *All I Wanna Do*, *Can't Cry Anymore*, *Run Baby Run* et *If It Makes You Happy*. Tony n'y prête même pas une oreille. Je ne chante que pour moi et l'adorable femme de ménage.

Avec cette simple cassette, je fais du porte-à-porte chez des producteurs que j'ai dénichés dans l'annuaire. Souvent, ils me prédisent un avenir à condition de surjouer mon côté français, genre la poupée langoureuse qui susurre des ballades romantiques, ultra-sexy. Ce n'est pas mon créneau. J'ai envie de pop, de rock, de voix éraillées et de guitares qui déchirent. Mon démarchage me conduit chez John Reynolds, l'une des plus grosses pointures du secteur, collaborateur de U2, The Corrs ou Sinéad O'Connor, dont il fut le mari. John est irlandais, naturel et méticuleux. Dans son studio, j'enregistre une poignée de reprises dont *All By Myself* en version suraiguë, à la Mariah Carey. Maquettes en main, je file au bureau londonien de Warner Music, qui possède tout un catalogue de titres et d'auteurs dont Pete Glenister, l'arrangeur de Terence Trent d'Arby et Bryan Ferry, qui me propose trois chansons originales sorties de ses tiroirs. Ça ne fait pas un album, encore moins une œuvre, mais ma carte de visite s'étoffe. Partout où je passe, je pose mes jalons. À l'image de John Reynolds, Pete Glenister fait partie du gratin des producteurs et il m'épaulera, quelques années plus tard, sur deux de mes opus : *Après la pluie* et *Ailleurs*.

Durant tout ce temps, je n'ai décroché qu'une poignée de rôles infimes. Une pub pour la chaîne allemande ZDF et une figuration dans une série de la BBC, *It Could Be the Last Time,* où l'on me demande de forcer mon accent français pour incarner une Parisienne en goguette chez les inventeurs du bœuf à la menthe. Ma carrière de comédienne est en berne mais ça ne m'affecte pas plus que ça puisque je renais artistiquement derrière les micros. À l'issue de cette première année d'exil, histoire de remettre les compteurs à zéro, je décide de faire le ménage dans mon agenda téléphonique. Nous sommes le 31 décembre 1996. J'appelle John Reynolds, dont je n'ai plus de nouvelles, pour savoir si je le conserve parmi mes contacts.

Plutôt deux fois qu'une, me dit-il, en me proposant de venir fêter la nouvelle année chez lui, à Notting Hill, en compagnie de ses nombreux amis musiciens. Tony, qui ne vit que pour ses affaires, ne voit pas l'intérêt de se joindre à moi. À mon arrivée, John m'accueille comme s'il avait compté les jours depuis notre dernière rencontre. Quand je lui fais écouter mes derniers titres, il semble abasourdi par mes progrès. Sur les coups de minuit, il m'invite à l'accompagner sur le *roof top* de son appartement pour découvrir la ville baignée par les illuminations de Noël. C'est à mon tour de succomber. On s'étreint comme deux adolescents électrocutés pour la première fois par l'amour. Coup de foudre à Notting Hill.

Je n'aime plus Tony. Tardivement, je prends conscience que je ne l'ai jamais choisi, c'est lui qui m'a coincée. Prise au piège. Je déteste jouer le jeu des apparences, or c'est tout ce qui compte pour Tony, qui vit constamment au-dessus de ses moyens. J'ai beaucoup de mal à évoquer cette période, car elle était bien plus misérable qu'il n'y paraissait. Je n'ai jamais souhaité être cette femme « faire-valoir » qu'il voulait faire de moi. Au contraire, j'ai lutté toute ma vie pour fuir ce genre de relations, mais il fallait peut-être que je touche le fond pour me rendre compte combien j'exécrais cette superficialité. Je quitte donc cet homme avec 200 000 francs de découvert sur mon compte et, surtout, une angoisse considérable. Les apparences sont souvent trompeuses.

La séparation avec Tony est assez extravagante, à l'image du couple que l'on formait. Pendant des semaines, il me suit en taxi. Chaque fois que je regarde dans mon rétro, j'aperçois sa tête qui dépasse de l'encadrement de la vitre arrière pour épier tous mes faits et gestes. Quand j'arrive à le semer, je le retrouve qui m'attend près des endroits où j'ai l'habitude de me rendre. Il surveille tout. Au moment où je lui annonce notre séparation, il dévalise un fleuriste et me fait livrer toutes les fleurs qu'il lui reste, des centaines de roses, de tulipes, de pivoines que je ne sais plus où mettre, car la baignoire ne suffit pas à les contenir. Je lui en veux de gaspiller toutes ces magnifiques fleurs, et de tenter de me culpabiliser par ce geste qui aurait pu être romantique s'il n'était pas si oppressant. Les fleurs finissent par crever d'asphyxie, comme moi dans cette vie qui m'étouffe et me mine.

Oui, malgré ce geste d'éclat, dans mon cœur, c'est bel et bien fini. Avec John, je mesure à quel point j'ai besoin d'être réconfortée. Nous partageons la même vision de la vie. John est un homme authentique. Il me fait tant de bien. On se voit en cachette pendant quelques mois, mais le romantisme de notre passion naissante adoucit les affres de la clandestinité. Quand je quitte officiellement Tony, il me gratifie d'une crise terrible. Lui qui ne boit jamais, il disparaît tout un après-midi dans le pub voisin. Quand il revient, il me découvre en train de préparer mes valises et il entre dans un état second. Il se tord sur le sol en gémissant, il suffoque la bouche grande ouverte, les yeux exorbités. Il enserre son torse avec les bras comme pour empêcher son cœur de jaillir hors de sa poitrine. On jurerait qu'il fait un infarctus, à tout le moins un malaise carabiné. Paniquée, j'appelle une ambulance. L'urgentiste en a vu d'autres : « *He is drunk, that's all…* » Il est bourré, tout simplement. Une dernière fois, je me suis fait avoir.

John me propose de venir m'installer chez lui. Précédemment, je déménageais en Bentley et, là, c'est l'un de ses potes irlandais, maçon, qui transbahute mes affaires dans son camion-benne. Enfin, les apparences ne comptent plus ! Dans l'entourage de John, on ne vit que pour la création. Lui-même n'a rien d'un play-boy, avec ses cheveux courts et son visage rond, mais il a l'oreille fine. Lui seul sait ajouter à un chorus un trait de violon qui fera toute la différence. Lui seul peut dénicher le son de demain. C'est un gros bosseur, hyper anxieux, qui se ronge les ongles et évacue son trop-plein de sève sur les tatamis où il est quatrième dan de karaté. Sa fibre artistique, doublée de sa force vitale, émet un halo d'ondes énergisantes qu'il communique à tous ceux qui l'approchent. Nous rions beaucoup ensemble et construisons une très belle complicité. Tony se résumait aux chiffres, aux costumes trois-pièces, au bagout, à la frime… John est à l'opposé : spirituel, artiste, tendre, drôle, fou. L'homme m'impressionne et me magnétise. Aussi, avec lui, je pense avoir rencontré mon père de musique.

Sous sa coupe, ma carrière balbutiante prend un nouvel élan. Il me présente à l'une des filles du groupe Bananarama, qui me propose un titre qu'elle a composé. J'enregistre le morceau ainsi que trois autres compositions de John dans le studio qu'il a installé dans son loft. Je suis encore une chanteuse timide, j'ai la gorge nouée, l'anglais peu fluide. Un groupe de trip hop patiente dans la pièce à côté et ajoute à mon trac. John corrige mon accent après chaque couplet, il me bombarde d'idées, d'encouragements. Il a l'intuition géniale d'ajouter un clavier d'enfant au beau milieu de la chanson. Un cours magistral.

Mon guide a beau m'inspirer une confiance aveugle, j'ai appris à ne plus être dépendante des hommes. En parallèle de mes vocalises, je dégote un boulot de vendeuse chez Joseph, une boutique de mode ultra-tendance, sur Sloane Street. Ça ne fait pas forcément rêver, mais je suis heureuse d'être indépendante. Quand je rentre du travail, il y a souvent du monde à la maison. Des potes irlandais, des chanteurs, des musiciens plus ou moins célèbres. Sur fond de musique irlandaise, John s'attelle à la cuisine thaïe avec la même méticulosité qu'à ses projets de disque. Brian Eno, le célèbre clavier de Roxy Music, est l'un de ceux qui possèdent son rond de serviette à notre table. Je crois que je n'ai jamais rencontré un type aussi original et inspirant. Notamment quand il explique qu'il se lance un nouveau défi chaque jour, du plus absurde au plus austère, car son imagination est sans limite : « Je me lève le matin et il faut que je trouve une manière inédite de me surpasser. J'ai peur du vide ? Je me donne la journée pour effectuer un saut en parachute. Le lendemain, alors que j'étais nul à l'école, je vais décider d'apprendre le russe. Et le surlendemain l'envie peut me prendre de visiter un pays où personne ne met jamais les pieds. Ou je peux aussi me dire : "Tiens ! Et si je me faisais tatouer la bite !" » Sa douce folie a des vertus thérapeutiques. Je l'écoute et ça me conforte dans l'idée de ne jamais céder à la routine et au fatalisme.

Chaque jour, je pars à la conquête de ma vocation longtemps refrénée. Moi aussi, je repousse mes limites en ferraillant contre mes pudeurs de novice. J'aimerais que John continue à faire de la musique avec moi, évidemment, mais il a beaucoup de projets en cours et confie cette tâche à d'autres. Il me met en contact avec Jon Klein, ex-guitariste de Siouxsie and the Banshees, encore un bel exemple d'extravagance et d'humour anglais. « Tu verras, *be careful*, il est très moche, il fait même très peur », m'a prévenue John avant notre premier rendez-vous. Juste pour rigoler et m'effrayer. John lui-même n'est pas un premier prix de beauté, mais il n'hésite pas à s'amuser, notamment quand il promène son magnifique chien et que les passants tombent en arrêt : « Oh ! Qu'il est beau… » Et son maître de répondre, impavide : « Oui, je sais c'est vrai… Et vous avez vu mon chien ? »

Mon nouveau mentor, Jon, habite à l'autre bout de Londres, bien loin de Notting Hill. Avant de partir bosser chez Joseph, je passe toutes mes matinées à visiter son univers pop rock, aux frontières du gothique. Après la dissolution de Siouxsie and the Banshees, Jon se lance dans une carrière d'arrangeur. Pour des questions d'acoustique, il a installé le micro dans un coin de couloir, juste à côté des toilettes. Entre deux bruits de chasse d'eau, je travaille ma voix et mon groove sur des morceaux à la rythmique agressive où les guitares emportent tout sur leur passage. Contrairement à d'autres, Jon ne m'accable pas de sa science. On échange après chaque prise. Il m'écoute, il s'adapte parfois. Je lui demande une chanson sur ma demi-sœur Marion, mon double si proche et si lointain à la fois, et il m'écrit *Sister*, une rengaine intimiste et entêtante qui, pour la première fois, reflète ma personnalité d'ombre et de lumière. J'enregistre plusieurs autres morceaux dont *Breaking Everything* et *Road* avec lesquels je fais mes premières armes de chanteuse rock. Au bout de neuf mois, notre travail et ce semblant de répertoire aiguisent l'intérêt d'un promoteur qui envisage d'organiser une série de concerts dans des bars et des salles de banlieue. Mais quand j'en parle à mon mec, John, curieusement, c'est la douche froide.

Il ne le montre pas mais je devine qu'il est décontenancé par le fruit de ma collaboration avec son jeune alter ego. Sur le papier, un producteur débutant et une chanteuse néophyte, ça ne risque pas de faire des étincelles. Voilà ce qu'il devait penser quand il m'a dirigée vers Jon Klein. Voilà peut-être même ce qu'il souhaitait. En tout cas, il freine des quatre fers lorsque je lui parle de mes projets de concerts. « Je trouve injuste que tu partes en tournée, puis de toute façon tu ne perceras pas en Angleterre si l'on sait que tu es française, assène-t-il avec raideur. L'idéal, ce serait que tu développes une sorte de personnage mystérieux, un truc où tu n'apparais quasiment pas, en tout cas, pas telle que tu es… » La femme invisible, quoi. La diva de carton-pâte. Tout le contraire de ce que j'ai envie d'incarner et un virage à 180 degrés par rapport au chemin emprunté dans ma collaboration avec Jon. Oui, je veux du vrai, de l'authentique, pas de calculs commerciaux ni de faux-semblants.

Certes, mon compagnon est une éminence dans son domaine, je respecte sa compétence et je bois ses paroles. Mais alors que j'avance dans ma quête d'accomplissement artistique, je suis souvent froissée par ses remarques et ses arguments d'autorité. Je me suis inscrite à un club de boxe thaïe près de Waterloo Station, et il a trouvé à y redire : « Frapper, frapper, je ne vois pas où est l'intérêt ! » Lui ne jure que par les arts martiaux et leur dimension d'introspection. Il croit faire au mieux et me pousser à me réaliser, mais en réalité il me freine parfois, n'ayant de cesse de me ramener à lui. Je sais qu'il m'aime. Cependant, souhaite-t-il pour autant que je m'émancipe ?

Cette situation me ramène à un schéma trop éprouvé : les hommes s'éprennent de moi mais, en leur for intérieur, j'ai l'impression qu'ils ne respectent pas mes aspirations profondes.

Ma besace lestée de ces quelques points d'interrogations et de la poignée de titres enregistrés, je continue ma route semée d'embûches sentimentales et de ferveur artistique. John a mis en cage mes désirs de scène, mais cela ne m'empêchera pas de vivre intensément notre séjour à Atlanta où il enregistre le sixième album des Indigo Girls, un duo folk rock de femmes homo déjantées dont je raffole. J'admire leur musique, leur démarche féministe, leur sens de la provocation dans l'une des villes les plus réac des États-Unis. Parfois, comme elles, j'aimerais tout envoyer valser. Je côtoie Sheryl Crow, qui joue les guest stars sur l'un des morceaux de l'album. Je n'ose pas lui dire combien de fois j'ai massacré ses tubes sur mon petit quatre pistes. Quand je n'assiste pas aux sessions, je pars monter à cheval dans la campagne environnante. Je signe une décharge d'assurance pour me passer d'accompagnateur et je m'évade des après-midis entiers dans un décor magnifique de plaines infinies. J'ai tout le loisir de me demander ce que je fous là, au milieu de nulle part, seule, sans moyen de communication, à bientôt vingt-huit ans. J'ai le sentiment vertigineux d'être libre mais seule au monde. Et ce n'est pas qu'un sentiment.

Cela fait presque deux mois que je n'ai plus mes règles. Les tests de grossesse sont négatifs mais, de retour à Londres, je décide de faire une prise de sang pour en avoir le cœur net. Le soir même, la fille du labo m'appelle : « *I got a good news…* » Et moi : « Putain ! Je suis enceinte ! » John est encore aux États-Unis. La semaine précédente, je l'ai prévenu que j'avais un retard de règles. Avec Sinéad O'Connor, il est déjà père d'un garçon et je ne l'ai pas senti très enthousiaste à l'idée d'agrandir la famille. Au téléphone, sa première réaction clôt le débat : « *Oh! Shit!…* » Je m'effondre en pleurs et me résous à avorter. Je guette une raison d'espérer auprès de John. D'accord, là, c'est arrivé un peu trop vite mais, plus tard, s'il se sent prêt et que je retombe enceinte, peut-être que… « Oui, oui, bien sûr, *my darling*, on verra… »

Pendant près d'un an, on tentera de ranimer la flamme mais ce rab de vie commune sonnera comme le requiem de mes illusions. Le rideau va se lever sur les évidences que je préférais tenir dans l'ombre. Ses manières de comploteur quand il rend visite à Sinéad O'Connor et qu'il ne m'invite pas à l'accompagner en Irlande. Je ne peux pas croire qu'il n'y ait plus rien entre eux. Les petites culottes qui, parfois, traînent dans notre chambre et les excuses bidons qu'il me sert avec aplomb : « C'est rien, c'est des potes qui ont emprunté notre lit pour faire la sieste… » Et même nos virées au marché de Portobello, nos brunchs du dimanche, les concerts de musique indienne, les œufs Bénédicte au fond d'une taverne, tous ces instants de complicité que nous avions vécus jusque-là me feront l'effet d'une mise en scène poussive. Une fois encore, pourtant, il me faudra aller jusqu'au bout du bout pour admettre que le ver était dans le fruit depuis plusieurs mois. Dans l'armée pléthorique des cœurs brisés, je suis le plus tenace des soldats, la dernière à poser les armes.

En attendant, je rentre à Paris pour me faire avorter. John n'est pas avec moi, il a des choses beaucoup plus importantes à faire aux États-Unis. Ma mère m'accompagne dans cette épreuve. Elle me rejoint à Paris. Depuis que je suis adulte, nous nous sommes vraiment rapprochées. Nous parlons de tout. Avec le temps, j'ai appris à passer l'éponge sur mes blessures d'enfance et sa fibre maternelle qui m'a semblé parfois discrète. Elle m'a aimée comme elle l'a pu et je suis assez grande, désormais, pour savoir que dans la vie on en est souvent réduit à faire ce qu'on peut. Lorsqu'elle a appris ma situation, elle a accepté sans hésiter de m'accompagner. Elle m'a toujours dit qu'elle irait me chercher jusqu'au bout du monde, si j'en avais besoin, qu'elle serait toujours là. Et je sais que c'est vrai. Pour elle, cela allait donc de soi d'être à mes côtés dans cette épreuve. Je lui sais gré de ne pas chercher à me culpabiliser, et je prends sa présence comme un témoignage supplémentaire de notre complicité indéfectible.

Dans le bus qui m'amène à une triste clinique de la porte des Lilas, je repense à une scène que j'ai vécue presque dix ans plus tôt. À l'époque, j'avais décroché un job de mannequin pour une marque de vêtements pour femmes enceintes. Pendant deux jours, j'avais enchaîné les prises de vues et le soir je gardais mes seins en plastique et mon faux ventre rond sur moi ; j'avais pris le métro affublée ainsi. Les femmes me regardaient avec envie et gentillesse, les hommes se levaient respectueusement de leur siège pour me laisser la place. Dans le regard des autres, j'avais le sentiment si rare d'être quelqu'un. Il me tardait de tomber enceinte pour de vrai.

Un premier cachet quarante-huit heures avant l'hospitalisation. Et un deuxième, le jour J, qui provoque des douleurs abdominales terribles. Il paraît que ça sort tout seul. Chez moi, ça ne sort pas. Le soir tombe, je retire ma blouse, et quitte l'hôpital comme je suis venue. Le souffle et les jambes sciés par les contractions, je regagne le studio de ma mère dans le Marais. Et c'est là, dans les toilettes, que j'expulse l'embryon. Après, rien. Juste la nuit noire et un vide abyssal.

Tu pleures cet enfant perdu
Qui n'aura jamais de prénom
Envolé aussitôt conçu
C'est con
Trop con

Pleure pas
Pleure pas
C'est ton corps, c'est ton droit

Pleure pas
Pleure pas
Un jour tu le garderas
Pour toi

Si j'en parle, je sais que je vais me mettre à pleurer. Alors, je n'en parlerai plus.

8

J'l'ai dans l'cœur

J'l'ai dans l'cœur, c'est du vécu
Les bons mots comme les mauvais signes
J'ai tout gardé, rien perdu
Pour te lire entre mes lignes

Paris, Closerie des Lilas, automne 1999. Un brouillard de cigarettes et deux yeux bleus qui le transpercent comme des lames de poignard. C'est ma première vision de Renaud, trônant à sa table habituelle, entouré de ses potes d'apéro. Je n'ai pas beaucoup écouté ses chansons, sauf quand Marion les passait sur son électrophone, entre AC/DC, Led Zep et Trust. C'est surtout ma copine Natacha qui l'écoutait beaucoup. Je connais essentiellement ses plus grands succès. Pour moi, les artistes sont des gens normaux, je ne suis fan de personne en général, ni de l'auteur de *Mistral gagnant* en particulier. Ce soir-là, la seule chose que je remarque, ce sont ces deux éclairs bleus qui déchirent la fumée. Sinon, je me dis : « Tiens, y a Renaud. Bon, on s'en fout… »

Quelques semaines plus tôt, j'ai quitté Londres après m'être séparée de John. Je me suis installée dans le petit studio mansardé dans le Marais, avec poutres apparentes, rue Vieille-du-Temple. Seule. Triste, avec une nouvelle vie à construire. Je suis minée. J'en ai marre de l'amour et de ces hommes dont je suis la moitié pour épater la galerie, et même pas le quart ou le huitième dans l'intimité. Bref, c'est ma période de déprime. Je n'ai rien dans ma vie. Rien que ce rendez-vous, un soir à la Closerie, avec le directeur artistique de Sony à qui je dois refiler les deux CD que j'ai gravés et qui contiennent l'ensemble disparate de mon œuvre anglaise. D'abord, il s'arrête pour saluer Renaud dont l'aura est intacte malgré une prétendue « traversée du désert qui s'éternise », selon la presse. Je me mets à l'écart et pars m'asseoir à l'autre bout de la salle, tandis que le rire tonitruant du parolier Étienne Roda-Gil fait trembler les verres de pastis du chanteur et de sa bande. Le mec de Sony me rejoint sur cette banquette. On discute cinq minutes, je lui donne mes maquettes en lui expliquant que je travaille sur des nouveaux titres en français. Je le sens plutôt intéressé, mais je ne devine pas par quoi exactement, ou alors je le sais trop bien. C'est à ce moment-là que la copine de Roda-Gil s'approche de notre table et s'adresse à moi : « Excusez-moi, mademoiselle, je viens juste vous dire que Renaud aimerait beaucoup vous composer douze chansons… »

Pas une, ni deux, non, carrément douze ! Il ne sait même pas comment je m'appelle – c'est le type de Sony qui vendra la mèche – et il est prêt à faire pour une débutante ce qu'il n'a jamais effectué pour les autres, et qu'il a tant de mal à accomplir pour lui-même. Elle reprend : « Il est très timide, vous savez. Il n'ose pas vous le dire en personne. » C'est un gag ? Une caméra cachée ? Le grand Renaud a besoin d'une télégraphiste pour rapporter ses commissions et, plutôt que de reconnaître qu'il a envie de boire un verre avec moi, il la joue hypocrite, genre « J'adore ce que vous faites… » Mais il ne me connaît même pas ! Il m'a vue deux secondes ! Et l'autre, en face de moi, qui extirpe de sa mallette l'un des deux CD que je viens de lui donner, avec mon e-mail et mon numéro de téléphone marqués dessus, pour le donner à la nana : « Tenez, voilà un disque de Romane… Romane Serda… » Lorsque je quitte la brasserie sur la pointe des pieds, il me semble comprendre ce que Renaud articule sur sa chaise : « Je vous recontacte demain. » Enfin, une phrase de ce style.

Moi-même, j'étais dans les brumes, alors j'ai dû entendre de travers. En tout cas le lendemain, je n'ai pas de nouvelles de lui. Et le surlendemain non plus. J'aurais mieux fait de m'abstenir, le soir même, quand j'ai cru bon de raconter mon improbable rencontre à ma mère : « Devine quoi ? J'ai croisé

Renaud et il m'a proposé de m'écrire des chansons ! » Je finis par la rappeler : « Tu vois, encore que de la gueule. Quel naze… » Et puis, au bout d'une semaine, je reçois un e-mail. Pas une formule désincarnée pour fixer un rencard, non, un long courrier aux accents poétiques. « Depuis que je vous ai rencontrée… » Il me vouvoie tout le long et conclut : « Je vous embrasse tendrement… Infiniment… passionnément. » Une vraie déclaration. Ça me renverse. Quand je pense que j'ai douté de sa sincérité. Quelle belle âme. Rendez-vous à La Closerie.

On dirait qu'il n'a pas bougé depuis l'autre jour. Il occupe la même place, porte le même sweat-shirt fatigué. Figé dans son tête-à-tête avec un énième verre, il arbore un visage de cire, les mains en tenaille sur ses mâchoires. Il ne s'exprime que par bribes et onomatopées.

— Ça va ? je lui demande.

— Ultra-heureux.

— T'es sûr ?

— Ouais.

— Qu'est-ce que tu as fait aujourd'hui ?

— Rien.

— Ça te tente qu'on aille se balader ?

— Non.

Si, par écrit, on se vouvoie, en personne, on se tutoie. Enfin, surtout moi, vu qu'il sort une phrase avec verbe et complément toutes les demi-heures. Entre les deux, c'est long. Je me sens super intimidée. Ce n'est pas lui qui m'impressionne mais la situation qui me cloue à ma chaise. Je rame pour lui soutirer un sourire ou une simple expression. J'ai des vertiges d'étudiante à l'heure du grand oral. Je ne sais même pas s'il me juge ou s'il est ailleurs. J'ignore tout de sa détresse et de ses démons. Je suis larguée, je reviens à peine de six ans passés au Royaume-Uni. Là-bas, personne ne parlait de lui, ni de ses égarements de poète maudit. Malgré tout, je m'accroche :

— Tu viens tous les jours ?

— Ouais.

— Tu habites dans le coin ?

— Au-dessus…

— Au-dessus de quoi ?

Là, il pointe son index vers le plafond pour m'indiquer qu'il occupe un grand appartement au deuxième étage de La Closerie. C'est plus pratique pour lui : il prend possession de sa table dès son réveil, en fin de matinée. Puis il remonte pour sa sieste de 16 heures et redescend pour retrouver sa garde rapprochée jusqu'à plus soif. J'espère qu'il ne compte pas me faire visiter sa tanière parce que, entre le barde romantique qui m'envoûte à l'écrit et son clone triste, ce double amer et taiseux qui me fait face, il y a un monde dans lequel je n'ai nulle envie de me perdre à nouveau. Ce jour-là, on se quitte sur un profond sentiment de malaise et d'incompréhension pour ma part. Lui, je n'en ai aucune idée. Je ne sais même pas s'il était content que je sois là ou s'il était soulagé que je le quitte. Oui, non, peut-être... On n'a encore rien commencé et j'en ai déjà ras le bol des charades et des rébus.

C'est juste que je ne parle pas le Renaud couramment. Quelques jours plus tard, il reprend sa plume pour me déclamer en long et en large que son cœur moribond bat de nouveau depuis que je suis entrée dans sa vie. Je n'ai rien fait d'extraordinaire, je me suis plutôt sentie comme une gourde, mais ses mots couchés sur le papier me transpercent comme son regard de loup solitaire. Personne ne m'a jamais écrit des lettres comme ça. Je retourne dans son sanctuaire mondain. Et là, une fois de plus, il ne m'offre que son rictus indéchiffrable et ses répliques désabusées. Parfois, il me parle de mes chansons. Il me dit que l'anglais n'est pas vraiment son truc. Mais pour le moment, je n'ai pas envie de lui faire écouter les nouvelles chansons françaises sur lesquelles j'ai commencé à travailler.

Je suis déçue, troublée, incapable d'envisager quoi que ce soit avec lui mais pas suffisamment vaccinée pour résister à sa fièvre épistolaire. Entre-temps, j'ai lu quelques articles le concernant, je connais à grands traits sa légende, ses cimes et ses abîmes, je lui trouve des circonstances atténuantes. Peut-être qu'il n'était pas bien. Peut-être que, demain, ça ira mieux. Et le manège continue au gré de ses courriers enflammés.

Parfois, il me passe un coup de fil, mais c'est très bref : « Tu fais quoi, ce soir ? » C'est toujours lui qui prend l'initiative, et ça m'horripile, parce qu'il me téléphone en appel masqué. De mon côté, il m'est donc impossible de le joindre. Je ne connais pas son numéro. Je ne le lui ai pas demandé, et il ne me l'a pas donné. Pourtant, il n'est pas si courtisé que ça. Son armée de fans irréductibles et ses quelques compagnons d'alcool forment un rempart à l'abri duquel il se protège en se coupant du monde. À l'époque, il est seul dans sa vie, séparé depuis deux ans de sa première femme. Et il n'a plus sorti de disque depuis cinq ans. Il se donne l'air d'être revenu de tout mais, en fait, il est aussi largué que moi. C'est peut-être ça qui nous rapproche.

Un soir, il m'appelle plus tard qu'à son habitude. « Tu passes chez moi ? » Même si l'adresse ne change pas, c'est une première. Je n'ai jamais mis les pieds dans son appartement. Je me doute bien qu'il a une idée derrière la tête mais, sous ses mimiques de faux dur, j'ai effleuré ses fragilités d'enfant et il me tarde qu'il se dévoile pour de vrai. Donc, j'y vais, et on passe notre première nuit ensemble. À ce stade, vu l'état de mes relations avec les hommes, j'ai juste envie de vivre l'expérience comme elle vient, sans rien planifier. Ni espérer.

Comme prévu, pourtant, il y a deux êtres en lui. Il a laissé son masque cynique au rez-de-chaussée, à son cénacle d'habitués. À l'étage, avec moi, il est tout sourires, tout chou, tout mignon. Il me raconte des blagues. Il veut jouer à cache-cache comme quand on avait dix ans. Je me glisse derrière les rideaux de sa chambre. Il me débusque, m'enlace, m'embrasse en s'offrant aux regards des passants du boulevard du Montparnasse, lui qui passe son temps à se terrer comme une bête traquée. Enfin, il est vivant, drôle et insouciant. Sa chambre empeste la clope et son parfum préféré, Habanita, plus capiteux qu'un grand cru millésimé. Il règne une chaleur de four, les radiateurs poussés à fond. Il ronfle comme un bienheureux et moi je ne ferme pas l'œil de la nuit. Au matin, je le laisse dormir et je pars à France Inter où je dépanne comme standardiste, sans même passer chez moi pour me changer. Je m'asperge juste de son parfum pour masquer l'odeur de cigarette qui colle à ma peau. J'ai hâte qu'il se réveille et qu'il m'appelle.

En portant son parfum, j'ai l'impression de prolonger nos étreintes. Mais, au fil de la journée, ce souvenir tourne à l'aigre. Pas un signe de vie. Ni au téléphone, ni par mail. Je me sens humiliée, trahie, alors que je me suis livrée sans retenue et que j'ai vu son visage irradié de contentement. Le silence radio se prolonge pendant près d'une semaine jusqu'à ce que je décide de le briser, tant pis pour l'amour-propre. Je lui envoie un mail bien senti en lui reprochant de m'avoir prise pour une conne, de ne pas me donner son numéro de téléphone, d'emprunter un langage de ménestrel pour se comporter comme un dragueur de supermarché. Et qu'il s'en dégote une autre la prochaine fois qu'il voudra de la tendresse… Évidemment, ça fait mouche. Il me répond très sèchement, lui aussi. Le mec énervé, le coq atteint dans sa grandeur : « Eh bien, je ne savais pas qu'il fallait que je t'écrive tous les jours… » Ce n'est pas la peine, non, puisque je reprends ma liberté. Hors de moi, je cesse d'aliéner mon emploi du temps et mon pauvre cerveau de blonde au service du grand génie en souffrance, même si je dispose désormais de son numéro de téléphone. On ne se quitte pas vraiment, mais le temps où je sautais sur mon vélo au moindre claquement de doigts est révolu.

Cette relation en pointillé va s'étaler sur près d'un an, au cours duquel Renaud garde sa place dans un coin de mon cœur et de ma vie. Dès que je m'achète une fringue, je ne peux pas m'empêcher de penser à lui : « Est-ce que ça lui plairait ? » Mais pour mes amis, il n'existe pas. Si je l'évoque, c'est à demi-mot, à l'image de notre demi-couple. À mon grand ami Gilles, musicien avec qui je travaille régulièrement, je ne révèle pas à ce moment-là le nom de celui qui est dans mon cœur. À Sohel, mon grand pote guitariste et confident, je raconte que je sors avec un accordéoniste. Ça le fait marrer, il doit imaginer un vieux tonton en marcel et casquette. Je n'ai pas envie de plastronner avec une liaison qui ne me mène nulle part, si ce n'est à Montparnasse. Pour m'y retrouver, je compartimente mes sentiments comme mes activités. À la ville, j'ai un boulot, des projets musicaux, le petit appartement de ma mère, une ou deux aventures plutôt intenses. Et dès que je pousse la porte de La Closerie, j'entre dans le monde interlope de Renaud et de sa cour. Parfois, je retrouve le pirate enjoué que j'ai connu lors de notre première nuit d'amour. Ses yeux ont la pureté d'un ciel de cristal après l'orage. On partage des fous rires complices en taquinant les emportements lyriques de Roda-Gil, c'est un privilège de siéger parmi ces fins esprits, dans ce haut lieu de l'intelligentsia parisienne. Mais la magie n'opère que trop rarement. La plupart du temps, je sirote mon verre de *cranberry* – du sirop de canneberge – en attendant qu'il écluse les siens et que son corps épuisé donne le signal de la sieste. J'en profite alors pour m'éclipser.

Je suis sûre qu'il tient à moi. Presque autant qu'au pastis. C'est pour ça que j'ai du mal à jeter l'éponge. Quand je l'ai incendié par mail, j'avais peur de sceller la mort de notre relation. Normalement, un homme que l'on critique, c'est un homme qu'on ne revoit plus. J'ai parfois l'impression que le boulot consiste à se montrer muette d'admiration en toutes circonstances. Surtout ne pas les accabler avec nos états d'âme et nos problèmes. Renaud a joué les mâles outragés, mais il m'a néanmoins répondu. J'ai trouvé ça noble. Il avait l'air surpris de mes attentes et de mon courroux. Peut-être l'était-il vraiment.

Avec lui, on ne sait jamais. Tout son être – ses humeurs, son intelligence, sa mémoire – est indexé sur la quantité d'alcool qui court dans ses veines. Quand il est bien, il m'écrit : « Je promets que je vais arrêter de boire. » Il prend toujours son stylo pour appuyer ses grandes résolutions. Il répète : « Les paroles s'envolent, les mots restent ! » Les tentatives se succèdent.

Voilà le vrai faux début de notre histoire. Une romance sublime à l'écrit, le reste du temps, un amour titubant. Et pourtant, quand je m'écarte de lui, j'ai l'impression qu'un fil invisible nous relie. Par éclairs, il m'arrive de lire dans ses yeux perdus que je lui suis indispensable. C'est si rare dans ma vie que je ne peux pas lui lâcher la main comme ça. Pas complètement.

Heureusement, ma nouvelle existence ne se résume pas à ce fragile équilibre. Même si je préfère que Renaud n'écoute pas encore ce que je chante, je n'ai jamais été aussi impliquée dans ma vocation de chanteuse. Séduite par mes maquettes londoniennes, la maison de disques Mercury m'a mise en contact avec un auteur-compositeur pour mettre sur pied un répertoire en français. JP est un personnage haut en couleur, un peu hors du temps, qui ne vibre que pour son art et porte toujours le même pantalon sans âge, en velours côtelé marron. « Ce serait bien que tu adoptes un style vestimentaire décalé, me dit-il. En fait, il faudrait que tu portes des couleurs qui ne vont pas ensemble, des trucs super moches… » Il a la manie de ne pas prononcer les *t* et, comme il commence une phrase sur deux par « en fait », ça rend sa conversation savoureuse.

À côté de ça, c'est un faiseur de chansons très talentueux, un peu dans l'esprit de Bashung. Mercury a débloqué une enveloppe conséquente afin de louer un studio d'enregistrement, voisin du souterrain des Halles. En sous-sol, nous travaillons d'arrache-pied pendant plusieurs mois. JP exige que je chante dans les graves pour avoir du souffle dans ma voix. Il aime que je remplace les *i* par des *é*. Il trouve que ça sonne mieux. C'est un perfectionniste qui se fout d'être accessible au plus grand nombre comme de la dernière mode. Et comme, de mon côté, je suis une pinailleuse de première, capable de tout reprendre de zéro pour un tintement de caisse claire qui arrive un centième de seconde trop tôt, nos sessions finissent par tourner au supplice. Un soir sur deux, je quitte le studio en pleurant. J'apprends le métier à la rude mais je fais ce que j'aime. Au-delà de ses obsessions lexicales, JP salue mes qualités d'interprète et m'abreuve en textes inédits. Pour créer, il est inépuisable. Pour vendre son œuvre, la moindre contrainte l'anéantit. Il préfère se saborder que d'obéir à toute logique commerciale. Il a déjà refusé de donner des titres à un champion du hit-parade parce que le type prononçait de travers un accent grave. Je ne sais même pas s'il fait écouter nos chansons à Mercury. Chaque fois que je lui demande, il est absorbé par un nouveau trait de génie : « Attends ! Cette nuit, j'ai composé autre chose, on leur fera écouter plus tard… » Et je dois reconnaître que ces titres sont très beaux.

De mon côté, j'ai hâte d'adapter mes chansons anglaises et d'écrire ma propre musique sur les textes qui s'empilent dans mes carnets de notes. Sous les poutres du petit studio, je compose sur un clavier électronique que j'ai ramené de Londres et sur ma guitare. JP a le cerveau trop foisonnant pour s'intéresser à une autre source d'inspiration que lui-même mais j'ai rencontré Christophe, un jeune bassiste qui apprécie mon embryon de répertoire. On décide de monter un groupe. Il recrute un batteur, un clavier, et un guitariste, Sohel, qui m'apprend à cette occasion mes premiers accords et qui deviendra immédiatement mon grand ami. Très vite, on donne nos premiers concerts sous le nom des Roman"s, avec deux apostrophes pour se distinguer et une croix à l'intérieur du *o* pour faire un peu grec. En fait, on se distingue surtout en tapant des bœufs dans des bistrots et des fêtes chez des particuliers. Devant cinquante spectateurs, je me rôde à la scène et au trac qui m'étreint comme si j'affrontais le public de Bercy. Les premières fois, pour me cacher, j'envisageais d'apparaître sous une perruque brune. Puis, je me suis libérée au point d'enquiller les refrains comme si de rien n'était, comme un soir où une bagarre générale éclate dans un troquet et où volent les chaises des clients éméchés.

Pour assurer les fins de mois, il faut aussi que je bosse. Et là, c'est beaucoup moins rock'n'roll. Quand je suis rentrée de Londres, j'ai dégoté un job provisoire chez Equant, une grosse boîte de télécoms, dont le siège se situe à la Défense. Je devais remplacer une copine standardiste mais, une fois sur place, un responsable m'a dit qu'il avait besoin de moi pour un autre poste. Je me suis retrouvée face à un ordinateur, au milieu d'une dizaine de collègues, à surveiller l'état du réseau et le bon fonctionnement des routeurs. Je n'ai jamais rien compris à ce que je faisais. Les autres, non plus, visiblement. Enfin, plus que moi en tous les cas. Je suis partie de là vite fait. Direction France Inter, grâce à ma mère qui avait gardé quelques contacts.

Avec ma mère, notre complicité d'adulte se confirme d'année en année. Je l'adore, car je peux lui parler de tout : elle est cent fois plus libre, plus moderne que moi. Elle me surprend toujours quand je lui raconte mes démêlés sentimentaux. « Oh là, là… Mais prends un amant ! Ne t'emmerde pas ! » Elle veut faire le bien autour d'elle. Elle est authentique et naturelle. Sans artifices, forte. L'indépendance est primordiale pour elle, comme elle l'est pour moi. Elle m'a initiée à l'alimentation saine, et c'est peut-être grâce à elle qu'aujourd'hui je suis devenue végétarienne. Depuis que je suis adulte, je la découvre douce et attentionnée. Lorsque j'étais petite, je ne percevais pas la même chose, car elle était assez directive, parfois rabaissante, avec son ton de reproche. Mais je sais aujourd'hui que c'était le ton de l'empressement, le ton d'une mère qui doit assurer. Comme moi, elle est très exigeante. Elle a de l'empathie pour les autres, et sa finesse rend ses conseils précieux. En un mot, elle m'inspire. Si elle a pu générer autrefois de l'amertume, notre relation est désormais une grande ressource pour moi : elle m'ancre et me donne de la force.

Grâce à son aide, je travaille à France Inter comme standardiste puis comme assistante sur plusieurs émissions de la grille. Un mois, je me réveille à 3 heures pour trier les dépêches des journaux du matin, le suivant, je me retrouve en régie pour l'émission de Macha Béranger, en plein cœur de la nuit. De sa voix de grande prêtresse, elle réchauffe les âmes en détresse pour qui elle incarne le dernier recours. Avec une peine de cœur, elle peut tenir son auditoire en haleine pendant une heure. À une période, je travaille aussi sur Les Inrockuptibles, l'émission musicale de Bernard Lenoir, une autre voix historique de la station.

Bernard pourrait être mon père, même s'il porte ses cinquante-cinq ans comme un jeune homme. Oui, je sais, depuis peu, j'ai un tropisme pour les amants dans la force de l'âge… J'aime leur caractère trempé, leur présence immuable, la façon dont ils me guident et me choient du haut de leur expérience, bref tout ce que je n'ai pas connu avec mon père. Mais c'est un classique, au moins pour les psys. Puisqu'il faut toujours que je craque pour une attention ou une posture à partir de laquelle je me fais tout un cinéma, j'adore la prévenance de mon chevalier servant quand il fait froid et qu'il remonte la fermeture Éclair de mon blouson comme si j'étais une petite chose fragile et précieuse. Avec Renaud, plus tard, c'est moi qui dois être solide comme un roc. Bernard m'enrichit de sa culture, m'apaise par sa force tranquille.

Je ne me berce pas d'illusions sur l'issue de notre relation mais j'apprécie la simplicité et la franchise de nos rapports. On vit en partie chacun chez soi. Et le jour où l'un de nous deux finira par se lasser, il n'y aura pas de jérémiades ni de valises sur le palier. Raison de plus pour savourer nos week-ends en amoureux sur la côte Basque et me laisser griser par son érudition qui ne se limite pas à la musique. Parmi ses judicieux conseils de lecture, il m'a fait découvrir Cioran, dont l'acuité me fascine, mais qui est quand même l'écrivain le plus pessimiste de la terre. Ce n'est pas un hasard : Bernard, lui-même, est doté d'une lucidité qui confine à la noirceur. Il considère que le meilleur de son existence est passé et tient le décompte fictif des printemps qui lui reste à vivre. À son âge, c'est prématuré, et au mien, c'est carrément décourageant.

Au fil des mois, je commence à souffrir de cette absence de perspectives. Certes, on s'entend aussi bien qu'au premier jour mais l'amour balisé de garde-fous, ce n'est pas tout à fait l'amour. Je sais qu'il m'aime, mais il ne s'implique pas comme je l'aimerais. Sa vision pessimiste de l'existence prend trop souvent le dessus et ne me correspond pas. Le jour de mon anniversaire, je suis collée à ma radio en espérant qu'il glisse une petite dédicace à sa chérie. En vain. Il a toujours été clair sur les limites de notre relation, mais désormais je m'y sens à l'étroit. Comme toutes mes histoires précédentes, il arrive un point où je me dis : « Et maintenant ? » J'ai besoin de rêver, de me projeter plus loin. Je suis lassée des amours prudents, qui se vivent au jour le jour. Je veux bien profiter de l'instant, mais pas faire du surplace. Moi, je veux d'aller de l'avant, et si ce n'est pas avec lui, ce sera avec un autre.

9

Pour te plaire

Pour te plaire
J'me mettrai la tête à l'envers
Je jouerai ma vie
D'un tour de magie
Tous les jours pairs et impairs et même en hiver
Oui pour te plaire
Dis-moi comment faire.
Mais quel enfer
Je suis mordue, c'est la misère
Accro à mort
Dis-moi que t'es pas conquistador
Pas de tra-la-la
J'te prends comme ça
Même si tu deviens rabat-joie !

Juin 2001, place de la République, fête de la Musique. J'ai envie de m'éclater. Marre de me fourvoyer dans des histoires qui, même quand elles semblent basiques, sont déjà trop compliquées pour moi. Avec Bernard, on a fait un break face à des attentes de ma part visiblement trop exigeantes. Ne surtout pas mettre un homme en défaut. Voilà un exemple. Pas de reproches. Pas de réclamations sous peine de rupture. Avec Renaud, la vie suit son cours épistolaire. Avec moi-même, ça ne va guère mieux. En pensant que l'amour va guérir tous mes maux, je ne fais que m'abîmer un peu plus. Je ressens le besoin de me vider la tête. Avec Sohel, on a dégoté des invitations VIP pour assister au premier rang au concert des Scorpions, dont le poster s'étalait, jadis, dans ma chambre d'adolescente. Rien de tel qu'un tonnerre de décibels pour se nettoyer le cerveau.

Arrive le moment où le groupe allemand entame son hit planétaire *Still Loving You*. Dès les premières notes, l'un des deux guitaristes me fixe avec ses yeux malicieux et il ne me lâche plus du regard jusqu'à la fin du morceau. À l'issue du concert, je le croise en *backstage* alors qu'il boit le champagne avec les VIP. « Bravo ! C'était super ! J'ai adoré… » Je n'ai aucune peine à m'enliser dans des histoires compliquées et j'ai parfois du mal à saisir les bons moments qui tombent du ciel mais, là, je demande à Sohel :

— C'est quoi déjà le nom du guitariste des Scorpions qui me souriait ?

— Ah, ah… Rudolf Schenker…

Sur un nouveau sourire, Rudolf me propose de me joindre à eux pour aller manger. Le début d'une jolie histoire, d'une récréation bien méritée.

Ce soir-là, il ne se passe rien de plus. À la table du groupe, on rigole beaucoup dans la pénombre feutrée du bar de l'hôtel Costes puis, quand le jour commence à poindre, Rudolf me demande si je veux rester dormir. « OK, mais tu ne me touches pas ! » Il tient parole et on se sépare quelques heures plus tard en échangeant nos numéros. Ensuite, on se revoit trois, quatre fois à Paris. Il m'appelle à chaque fois qu'il vient et on dîne au restaurant. Il est complètement barré, sapé comme un arbre de Noël. Il me désigne au serveur en lui disant : « *She is a big star!* » On dirait qu'il n'a pas d'ego et ça me change. Du coup, on rigole comme je n'ai jamais rigolé avec un homme. Quand il insiste pour découvrir mon univers musical, je me dis qu'il s'intéresse à mon travail par politesse. Je n'ai pas envie d'entacher notre amitié naissante avec des flatteries hypocrites. En fait, il est sincère. C'est peut-être moi qui vois derrière chaque homme un traître en puissance. Faut que je reprenne confiance.

Un jour, je suis à la campagne chez mes parents quand Rudolf propose de passer me voir. « Tu es sûr ? C'est paumé, ici ! » J'ai du mal à l'imaginer loin du triangle d'or du showbiz, des shots de vodka et des rails de coke. À tort. La cambrousse, ça ne lui fait pas peur, bien au contraire. Il prétend qu'il peut lire l'avenir dans l'écorce des arbres. Chez nous, il a l'embarras du choix. Il débarque dans sa grosse bagnole allemande, pantalon en cuir, chemise lamée ultra-moulante. Un peu plus tard, il se plante face à un frêne, l'ausculte tel un garde forestier, au sortir d'une boîte de nuit. Pour une fois, il s'est départi de son éternel sourire, signe que l'instant est grave : « C'est marqué, je vais travailler avec une Française. Je sais que c'est toi ! On va faire des choses formidables tous les deux… » Je ne crois plus les hommes mais j'ai confiance dans les arbres. Ce jour-là, je me décide à lui faire écouter les chansons que j'ai enregistrées avec JP. Il va chercher sa guitare dans le coffre de la voiture, intercale un refrain au beau milieu d'une ballade, transforme ma bluette en hit potentiel… Jusqu'à ce que l'inflexible JP mette son veto, refusant qu'on dénature son chef-d'œuvre avec des atours trop commerciaux.

J'apprends énormément avec ce nouvel ami. Son rapport à la musique est simple et naturel, plus accessible. Il est posé, décontracté et, surtout, il n'intellectualise pas la musique, contrairement à beaucoup de personnes que j'ai connues jusque-là. Son charisme et son humour fantasque me ravissent, et nous travaillons tout en légèreté, sans pesanteur, bien qu'avec conviction. À force de côtoyer des pointures du milieu, je me suis souvent sentie en défaut et encline à douter de mes capacités. Mais avec Rudolf, mes complexes tombent, la création devient une évidence. Mieux, un réel bonheur.

Suite à cette parenthèse hors du temps, Bernard me redonne de ses nouvelles. Il paraît que sa vie sans moi n'est plus aussi belle, si bien qu'il se sent « pieds et poings liés » à moi. Auprès de mon âme meurtrie par les abandons, l'expression fait mouche tant elle semble définitive. Pour construire durablement, je suis prête à endosser beaucoup. Très vite, on reprend notre relation là où nous l'avions laissée quelques mois plus tôt.

Au cours de l'année 2002, je continue de travailler d'arrache-pied avec Rudolf. Les autres membres des Scorpions m'ont adoptée et veillent sur moi comme sur une petite sœur naïve et chancelante. Matthias Jabs, l'autre guitariste, celui qui fait craquer toutes les groupies, me rudoie avec tendresse : « Romane, tu es trop gentille. Impose-toi, sors tes griffes ! Apprends à être méchante… » J'ai déjà tant de mal à choisir entre toutes les chansons que Rudolf a composées pour moi. J'opte pour trois titres acidulés et enjôleurs et pars à Cologne en première classe pour enregistrer dans un studio au luxe inouï. Des dizaines de micros y sont entreposés dans des écrins en velours et cuir comme des pierres précieuses pour que je puisse trouver celui qui me correspond parfaitement. Je n'avais jamais vu ça. Je suis vraiment touchée par leur volonté de bien faire, leur professionnalisme pointilleux et leur sollicitude à mon égard. À l'exception du producteur, qui est odieux et passe son temps à rudoyer l'équipe technique en allemand. Je ne comprends rien à leurs disputes. « Je sais, il est chiant mais il est efficace », me rassure Rudolf. L'enregistrement est dur et je me sens moyennement en accord avec ce que je chante sur un des titres. Un peu trop sucré, trop tape-à-l'œil, ou à l'oreille. D'autant que Rudolf est assis à un mètre derrière moi dans le studio, je trouve cela très embarrassant, gênant. Quelques semaines plus tard, je suis convoquée à Cologne pour tourner le clip d'un hypothétique futur single. Je passe un coup de fil au producteur pour savoir ce que je dois amener comme garde-robe. Sa réponse me fait vaciller un peu plus : « Tu as déjà vu les clips de MTV ? Amène des maillots de bain, à moitié à poil, ça fera l'affaire… » aboie-t-il dans un anglais agressif.

Je décide de confier le contrat qu'il m'a envoyé à un avocat parisien. Quand le clip est dans la boîte, la fusée prête à décoller, rien n'est encore signé. L'avocat, totalement étranger au monde de la musique, finit par me conseiller de barrer la plupart des clauses imposées par la production. Y compris les plus élémentaires comme celle consistant à se rendre disponible pour assurer la promotion. Je renvoie le document truffé de « no », « no », « no ». Et, forcément, le projet reste au point mort.

Avec Renaud, en revanche, les choses évoluent doucement. On ne se voit pas beaucoup mais il m'écrit toujours autant et je lui réponds sans faire de manières. Petit à petit, sa carapace se fendille. Quand je me suis remise avec Bernard, je lui ai annoncé que j'avais un homme dans ma vie et il m'a clouée avec cet aveu sublime : « On reconnaît le bonheur au bruit qu'il fait quand il s'en va… » C'était une manière d'admettre qu'il avait gâché sa chance. Depuis, il fait tout pour en saisir une deuxième. Nous nous voyons de plus en plus souvent, nous nous rapprochons et revivons de beaux moments ensemble, une belle intimité, nous sommes complices. Il commence à écrire son album *Boucan d'enfer*, je prépare le mien, il me conseille de rencontrer certaines personnes avec qui je pourrais éventuellement collaborer, comme ses musiciens Lanty, Bucolo, Bernheim. Il me présente à toute son équipe. Quand on s'appelle, il commence par me demander de mes nouvelles, ce qui me prouve son intérêt ; avant, il était plutôt question de lui. Il a écouté mes chansons, car, enfin, je lui ai fait écouter les maquettes de JP et mes enregistrements allemands. Il trouve ça très bien. Mieux que ça : il voudrait travailler avec moi et, pourquoi pas, me produire. Vu qu'à Cologne on me prend pour une maniaque de la procédure, et que je commence à me lasser de leurs méthodes, je ne demande pas mieux. D'autant plus qu'avec Renaud nous partageons des valeurs : nous ne sommes pas dans une recherche commerciale absolue, nous avons la même culture et je sens bien qu'il me laissera réaliser cet album en respectant mes envies, mon univers. À ce stade, je suis allée au bout de l'expérience avec les Scorpions, j'ai besoin d'un nouveau souffle. Je prends le temps d'y réfléchir, et plus les jours passent, plus je suis convaincue de la direction à prendre. Je sais où je veux être. Auprès de lui.

Bernard surnomme Renaud « le blondinet » et il a suffisamment de métier avec les femmes pour comprendre que je lui ai déjà échappé. Une fois de plus, j'ai confondu mes désirs avec la réalité. Je ne peux pas me contenter d'un simple mariage d'épidermes. J'ai envie de fonder une famille, d'avoir un enfant, une maison, voire un chien. Oui, oui, la panoplie. Lui, non. Il est toujours hanté par les printemps qui lui restent à vivre. Parfois, il s'oublie et m'appelle Charlotte, du prénom de son ex... Je prends de la distance, nous ne souhaitons pas les mêmes choses, pas la même vie, et mes pensées vont toujours à Renaud, qui continue de m'appeler. Il me hante. Je pleure en pensant à lui, je sais que je l'aime. Désormais, contre toute attente, c'est avec Renaud que je désire bâtir du concret.

Il a changé. Il sait ce qu'il veut. Ce ne sont pas que des vœux pieux, je peux moi-même constater le changement. À présent, lorsque nous sommes ensemble, son regard est captif, concentré sur moi. Il me parle, il partage. Nous allons nous balader, nous vivons, rions, nous échangeons énormément. Je peux désormais l'appeler sans me demander si je tombe bien ou mal, sans me retenir. Tout est plus facile. Avec lui, je me sens à ma place. Enfin.

Un week-end, on atterrit à Antibes où il a loué un petit bateau en compagnie du réalisateur Brad Mirman avec qui il vient de tourner *Wanted* aux côtés de Johnny Hallyday et Gérard Depardieu. « Tu as prévu plusieurs sous-tifs, j'espère…, me lance Renaud devant son pote. Bah, oui, parce que, moi aussi, j'ai des nibards ! » enchaîne-t-il en exhibant sa musculature de moineau replet. Quand il est bien dans ses santiags, il a beaucoup d'humour, y compris envers lui-même. Il m'impressionne par ses formules définitives, ses aphorismes qu'il répète à l'envi et ses slogans poétiques. Même son alcoolisme est un sujet de dérision. « Un verre, c'est trop ; dix, c'est pas assez… », a-t-il coutume de dire. Avec Depardieu, ils sont faits pour se comprendre. D'ailleurs, voici Gérard qui débarque pour quelques heures sur notre modeste embarcation. Le parfait compagnon de voyage et d'apéro. Il déblatère, il tempête, il gesticule sans discontinuer tandis que l'autre boit ses paroles. Et moi, je ne pense qu'à une chose devant ce colosse survolté : pourvu qu'il ne fasse pas chavirer notre rafiot !

Dans l'intimité, Renaud me montre une facette plus douce. Il m'ouvre son cœur de poète, une fragilité d'enfant magnifiée par la sagesse de l'homme instruit. Vulnérable, sans faux-semblants, c'est ainsi qu'il me touche. À mes yeux, il incarne une sorte de « force tranquille », une âme ancienne de laquelle émanent toutes les ramifications de son univers artistique. Une âme sœur, jumelée à la mienne, comme si nous nous connaissions depuis toujours. Notre lien est alors indéfectible, et nous nous séparons rarement. Après mes nombreuses débâcles sentimentales, j'avais besoin de me reconstruire. Auparavant, j'aurais sans doute été incapable de l'aimer. Maintenant, je suis prête.

Il sort enfin son album, *Boucan d'enfer*, et celui-ci marque son retour auprès du public et de la critique. Il a eu le cran d'écrire « Docteur Renaud, Mister Renard / Le premier ne boit que de l'eau, le second carbure au Ricard... », un énorme carton et, peut-être, le début d'une prise de conscience. Début juillet 2003, le 3 exactement – je m'en souviens car, pour moi, c'est cette nuit-là que nous avons vraiment scellé notre couple – je l'ai rejoint au théâtre en plein air de Vaison-la-Romaine où sa « tournée d'enfer » faisait étape. J'étais en vacances chez ma mère et, avant de le retrouver, j'avais prévu de dîner avec mon père, qui faisait un stage de tai chi dans le coin. Mais, celui-ci a décommandé au dernier moment et, du coup, j'ai pu assister au concert. Nous étions heureux de nous voir. Renaud était en super forme, radieux, en paix avec lui-même, blaguant avec son public...

Après le concert, nous passons une nuit délicieuse dans un petit hôtel de la cité médiévale. Blottie contre lui, j'ai trouvé mon âme sœur, sensible, esquintée, increvable. Parfois, il sursaute en plein sommeil et, les yeux clos, il tend son bras vers moi : « Romane ? T'es là ? » Oui, je suis là, je ne partirai pas à l'aube pour pointer dans un bureau et ne réapparaître que le mois suivant. Rassuré, il se rendort comme un enfant. Il me touche, me fait vibrer. Cet été-là, dès que je le peux, je file le rejoindre sur sa tournée. Par téléphone, très vite, j'informe Bernard qu'entre nous, pour de bon, c'est fini. Renaud se tient dans mon dos : « Vas-y, dis-lui, c'est bien... »

Durant cette tournée marathon entamée en décembre 2002 et qui s'achève un an plus tard, Renaud me comble de toutes les attentions. Entre deux chansons, il me désigne à la foule : « J'ai ma petite Romane qui me regarde ce soir... » Parfois, il modifie les textes de ses refrains intangibles : « Pochetron, pochetron, c'est ce que me dit Romane qui aime bien mes chansons... » Il braque les projecteurs sur moi, sur nous, alors que j'ai si longtemps été tenue dans l'ombre. Son insistance à vouloir officialiser son nouveau couple me bouleverse. Il est d'un romantisme déconcertant. Et même quand un paparazzi nous surprend, pour la première fois, à Paris, main dans la main dans la rue, il semble presque ravi.

L'été 2003, on emménage à deux pas de la place Denfert-Rochereau, rue Hallé, dans une maison bâtie autour d'un patio où se dressent deux immenses marronniers. J'adore notre petit nid. Il y fait toujours sombre, mais nous sommes éblouis par les textes de Jean Fauque, grand auteur que j'avais rencontré auparavant, de mon côté, et les mélodies de François Bernheim, compositeur reconnu. J'apprécie énormément Jean, il est brillant et drôle et sait s'inspirer sans velléités commerciales. Renaud sollicite certains de ses musiciens pour s'adapter à mes paroles, à mon univers. Leurs talents s'ajoutent à mes précédentes compositions réalisées dans mon studio dès mon retour en France. Cela me permet ainsi de mettre la dernière touche à mon premier album, sur lequel je me suis tant investie, seule, depuis si longtemps. J'y ferai aussi une adaptation en version française d'une des chansons enregistrée avec les Scorpions, *Hey!* Depuis que Renaud a décidé de me produire, il s'implique pleinement dans le projet. De mon côté, je reste fidèle à mon cher Sohel, avec qui je compose une chanson dans ma soupente du Marais où j'entrepose toujours ma guitare, mon clavier, tout mon studio d'enregistrement et l'essentiel de mon inspiration.

La chanson de Bernheim, *Anaïs Nin*, raconte l'histoire d'amour de Henry Miller et de sa muse sulfureuse. C'est un duo. Avec Renaud, on cherche qui pourrait l'interpréter à mes côtés. Une voix mûre et cabossée. On pense à Jacques Higelin, qui refuse. Et aussi à Leonard Cohen qui nous répond par courrier, très gentleman : « Remerciez chaleureusement Romane pour l'envoi de cette jolie chanson. Des problèmes m'empêchent de faire le duo et me retiennent ailleurs. » On tourne en rond un bon bout de temps en contactant les agents, les éditeurs, jusqu'au moment où Renaud est frappé par l'évidence. « Et pourquoi ce n'est pas moi qui le ferais ? De toute façon, je ne supporterais pas que tu dises "mon amour" dans les yeux d'un autre mec, même pour de faux… » Nous sommes alors parfaitement fusionnels, et cette idée nous promet une merveilleuse aventure commune.

On enregistre toutes les bandes instrumentales à Paris. Pour le chant, il fait valoir ses doléances : « Moi, je veux être sur un canapé, tranquille, pendant que ça bosse. » Il refuse quelques studios parce qu'il ne peut pas s'y allonger à sa guise, preuve qu'un projet peut tenir à un canapé. Il me fait rire, il ose imposer des exigences que je n'aurais jamais imaginées. Finalement, il me persuade d'enregistrer à Bruxelles, chez ICP, où il a ses habitudes. J'en suis ravie, c'est à mon sens aussi le meilleur endroit pour s'immerger dans la création. On y trouve bien sûr un canapé, mais aussi une cuisine, des chambres à l'étage, le tout baigné dans une atmosphère studieuse et créative. Notre résidence dure trois semaines, et nous sommes si absorbés que nous mettons à peine le nez dehors. Tout juste le temps de promener dans le jardin notre cher Sunny, le chien que nous venons d'adopter. Un petit golden retriever blond et adorable. Contrairement à mon expérience en Allemagne, où je me sentais comme un objet préformaté, cette fois Renaud me laisse enregistrer comme je l'entends. Il m'écoute, m'encourage. Il manifeste presque trop de zèle, allant jusqu'à me filmer à tout bout de champ, comme un adolescent, quitte à me déconcentrer pendant les prises.

Sorti en novembre 2004, mon premier opus éponyme, *Romane Serda*, marche plutôt bien. Certes, on est loin des deux millions d'albums vendus pour *Boucan d'enfer*, mais il s'en écoule près de soixante-dix mille exemplaires, ainsi que cent mille singles. Je suis nominée aux Victoires de la musique, dans la catégorie « Révélation de l'année ». Pour moi, cette reconnaissance à la fois populaire et critique est un bel accomplissement, qui marque mon entrée dans la cour des grands. Enfin, ma créativité sort de l'ombre, et je suis reconnue pour un travail que j'aime pardessus tout. J'existe par moi-même en tant qu'artiste et je suis désormais lancée aux yeux du monde.

J'enchaîne les émissions et les concerts. Avec mes deux musiciens – Meivelyan Jacquot, qui m'accompagnait déjà en tant que batteur dans mon groupe Roman"s, et Michaël Ohayon –, je me produis dans des petits théâtres en France et en Belgique, ou en première partie de Calogero dans des arènes cinquante fois plus vastes. Renaud m'accompagne partout, quitte à s'installer au volant du minivan qui nous transporte avec les musiciens. Avant le début du concert, il se noie dans le public et, dans l'obscurité, il allume un briquet pour que je puisse le situer. C'est un code. Il est possessif. Souvent, ça m'amuse. Parfois, ça peut être oppressant. Mais il ose exposer ses peurs. Il ne se cache pas derrière un manteau de pudeur.

Consolidée par nos succès respectifs, notre histoire s'épanouit et s'enracine, et nous traversons les années dans un foisonnement créatif qui nous correspond. Nous voyageons en permanence entre Bruxelles, Londres et Paris, afin de suivre ensemble nos projets musicaux, se soutenant l'un l'autre en toutes circonstances. Alors que je suis à Londres en pleine conception de mon deuxième album avec Pete Glenister, rencontré une dizaine d'années auparavant lorsque j'habitais dans le quartier de Notting Hill, nous nous accordons quelques jours de vacances dans le Sud de l'Italie, en compagnie du producteur canadien Gilbert Rozon qui a loué une propriété démente. Une sorte de hameau avec ses ruelles, ses guirlandes de maisonnettes en pierres, et même sa chapelle. C'est là que nous nous marions pour la première fois, symboliquement, après que Renaud m'a confectionné une bague d'herbes tressées. Dans ce cadre enchanteur, on ne peut pas rêver plus romantique ! Mais la félicité de cette escapade au paradis ne suffit pas à calmer ses peurs ancestrales et son besoin d'exclusivité. Quand nous flemmardons au bord de la piscine, il me demande de poser mon bouquin : « Quand tu lis, tu n'es pas avec moi… »

Il faut l'aimer jour et nuit, ne penser qu'à lui, et ça tombe bien, c'est mon cas. Il souffre de la cataracte, me dit qu'il voit flou avec un voile blanchâtre. Si ça se trouve, ça lui fait comme un filtre à travers lequel il me trouve belle. Un filtre pâle et cotonneux, qui fait de moi un ange à ses yeux. Quand nous sommes ensemble, je suis ses yeux. Il me demande de lui lire le menu au restaurant, et même, le soir, après avoir écrasé son dernier mégot, de lui réciter des extraits d'une méthode pour arrêter la cigarette. Le jour où il décide de se faire opérer de la cataracte, bien sûr, je suis heureuse pour lui. Mais, j'ai un peu peur. Et si, ensuite, il n'est plus attiré par moi ? Et s'il distingue avec netteté tous mes défauts ?

J'ai été ses yeux mais je ne pourrai pas me mettre à la place de son cerveau. Trop impénétrable, trop inspiré pour moi. Il a un tel talent avec les mots. Il peut accoucher d'une ode déchirante en un quart d'heure sur un coin de table. Moi, il me faut des semaines de labeur pour toucher juste. Je sèche sur une rime de « Petite sœur » et, lui, du tac au tac, comme s'il me passait le sel : « Joli cœur… Comme une fleur… »

Petite sœur, joli cœur
Passent les jours, passent les heures
Je t'ai toujours en moi comme une fleur
Je t'ai toujours en moi, petite sœur

Ainsi s'est écoulée notre si belle enfance
Et nous n'étions guidées que par l'insouciance
Dans ce hameau perdu, ce petit coin de France
Nous vivions dans l'amour et dans l'innocence

Quelque temps après, nous partons en amoureux à Los Angeles, puis à Las Vegas où Renaud a la drôle d'idée de sceller notre union une deuxième fois, pour s'amuser et pour la beauté du geste. Je n'avais pas non plus prévu de me marier à Vegas, j'ai donc rassemblé toutes les affaires blanches que j'avais emportées, une jupe et un T-shirt. Nous nous sommes retrouvés dans une petite chapelle américaine ultra-kitch avec le couple d'amis qui nous avait accompagnés depuis Los Angeles. Nous quatre, dans cette petite chapelle improbable, la marche nuptiale sur simple cassette lancée maladroitement par le type qui nous mariait. L'aventure était vraiment très drôle, mais nous faisions consciencieusement tout ce qu'il nous demandait. Il n'avait pas que ça à faire, lui. Il enchaînait les mariages toute la journée. Je portais des bijoux en plastique achetés sur place, dans cette chapelle. Diadème, boucles d'oreilles, et bien sûr, une bague. Ce souvenir mémorable restera l'un des moments les plus fous de notre histoire.

Docteur Renaud, Mister Renard, c'est tout lui. Il peut demander ma main spontanément, comme il peut s'emmurer dans une bouderie et enchaîner les verres. Et c'est tout moi de me croire capable de réparer son âme blessée. Après tout, je n'ai que ce que je mérite. J'ai tant besoin de me sentir utile. Ce dévouement soulage peut-être un peu mon propre fardeau. Sous ma panoplie de Mère Teresa, au fond, j'ai conscience de soigner les autres afin d'essayer de guérir de mes failles. Au début, quand Renaud me demande de l'empêcher de boire, je le prends comme une corvée, mais surtout comme une mission. Je n'ai pas envie de jouer la mégère avec son rouleau à pâtisserie mais il m'arrive de freiner ses ardeurs quand il abuse en société : « Si tu continues, je crois que je vais rentrer… » Dans ces cas-là, il se drape dans son amour-propre grossièrement rapiécé. Entre sa vanité et la piètre estime qu'il a de lui-même, il y a un accroc béant. En lui parlant ainsi, je touche un point sensible. Devant ses amis, il me congédie sèchement. « Mais casse-toi ! Tu crois que c'est une merdeuse qui va me dicter ma vie ? Barre-toi, je n'en ai rien à foutre… »

On pourrait filer le parfait amour mais, de temps à autre, c'est plus fort que lui : il faut qu'il piétine notre bonheur comme un gosse fracassant son jouet. Au téléphone, il dit à ses potes : « Je suis heureux, tu ne peux pas savoir… Franchement, c'est indécent ! Je suis sûr qu'un jour, ça va finir par me retomber sur la gueule… » Pour que sa prophétie se réalise, il lui arrive de donner un coup de pouce au destin. Qui aime bien, châtie bien. C'est ce que je me dis quand il s'excuse tout penaud de s'être emporté. Après tout, une engueulade de temps en temps, ça n'a jamais tué un couple. C'est même plutôt sain. Et puis, il n'est pas le seul à se laisser déborder par son tempérament excessif. Dans notre couple, il n'y a pas un bourreau et une victime. J'ai beau être une compagne aimante et fidèle, j'ai aussi mes zones d'ombre. Je me suis beaucoup cherchée et je ne suis pas sûre de m'être trouvée. Au-delà de ça, j'ai parfois du mal à cohabiter avec mes propres exigences. Simple, dévouée, tenace, indépendante, mais aussi fusionnelle, exigeante, parfois négative, peu sûre de moi, me sentant souvent en porte-à-faux, insatisfaite… Toujours est-il qu'avec moi il a trouvé à qui parler même si son vocabulaire est cent fois plus fleuri que le mien. Quand on déterre la hache de guerre, je m'inspire désormais de ses tirades de camionneur : « Tu me fais chier, bordel… », « Tu me casses les couilles… » Contrairement à lui, je peux même balancer tout ça à jeun. Ensuite le volcan se rendort. Et on est heureux comme des rois. Jusqu'à la prochaine éruption.

S'il peut me briser d'une phrase, il est aussi capable d'une infinie tendresse pour peu que ses doutes et son addiction le laissent en paix. Quand on parle d'avenir, quand on travaille tous les deux, il est doux, apaisé, curieux de tout. Il a le don de jouer avec les mots, et sa nouvelle passion est de les déstructurer. Il n'y a pas plus fort que lui pour s'aventurer dans les méandres des anagrammes. Il s'amuse avec mon nom est en fera cette chanson : *Danser à Rome.*

« Danser à Rome »
C'est l'anagramme
De ma Romane
Serda

« Morne rasade »
Ça l'est aussi
C'est un peu fade
Tant pis

« Drames à Reno »
C'est trop US
C'est pas jojo
Je laisse

On part en villégiature à Londres ou à New York et, là-bas, je découvre des nouvelles facettes de l'homme de ma vie. Nous marchons dans les rues comme deux anonymes, il me tient par l'épaule, il m'emmène voir toutes les expos qui se présentent sous nos pas. Il est féru d'art contemporain, m'initie avec patience aux sculptures de Penone ou aux hologrammes de Bruce Nauman. Je l'admire. Notre fusion est alors totale. On se comprend sans dire les choses. Au fond, on est pareils tous les deux : des idéalistes enlisés dans les sables mouvants de leur sensibilité maladive. Comme moi, il déploie une force considérable pour fuir les fantômes qui le hante. Avec ses excès, la plupart d'entre nous seraient déjà dans la tombe. Mais il est insubmersible. Plus fragile qu'un garçonnet, plus coriace que de l'acier trempé. Et comme je ne suis pas en reste de contradictions, chaque fois qu'il ressuscite des ténèbres, j'ai la folie de croire à notre amour inoxydable.

10

Je serai ton écho

Et je baissais la tête en silence
Bref... Je laissais courir, je laissais mourir
J'attendais la prochaine transe
J'avais peur que l'meilleur soit pire...

L'instant sera royal
Si tu n'es pas sot
Si tu poses bien tes malles
Je s'rais ton écho
Pas d'raisons que j'raisonne

Nous décidons de nous marier officiellement en 2005, avec le projet de concevoir un enfant dans la foulée. Renaud a des principes : c'est lui qui tient à ce que les choses se déroulent dans le bon ordre. « On se marie, et après on fait des enfants. » À cette époque, il fait son possible pour diminuer sa consommation d'alcool. À sa demande, on a trouvé une sorte d'accord tacite : six jours d'abstinence par semaine et le septième, il peut se permettre un verre ou deux. « Si on veut que ce soit dans la durée, il faut m'autoriser ça. Le reste du temps, tu m'interdis », a-t-il décrété. Je remplis mon rôle avec abnégation. Je flique les professionnels de l'apéro dès qu'ils passent une tête à la maison. Au passage, qui a inventé ce concept d'apéro ? Une belle merde, oui ! Derrière ce mot, je sais ce qui m'attend : une nuit gâchée, une dispute, une déception. Le problème, c'est que tout le monde a envie d'être celui qui lui fera passer un bon moment. Et le meilleur moyen d'y parvenir, c'est souvent de picoler avec lui. Je vois bien que, toute la semaine, il ne pense qu'au septième jour. Mais il se bat avec une mine de supplicié et je lui en suis reconnaissante.

J'ai envie de lui appartenir, pas de lui être redevable. J'ai gardé un lit et quelques affaires dans le studio de ma mère du Marais. S'il faut repartir de zéro, ça me fait un toit pour dormir. Quand il me passe la bague au doigt, c'est moi qui insiste pour qu'on se marie sous le régime de la séparation de biens. Dans le métier, les mauvaises langues pensent que, sans lui, je ne serais rien. Je laisse dire, même si c'est injuste puisque je suis tombée dans la musique bien avant d'avoir rencontré Renaud. Mais dans ma vie de femme, je ne supporterais pas qu'on me soupçonne de vivre à ses crochets. Je suis en couple avec une icône de la chanson française mais je garde la même vision ordinaire du bonheur qu'au temps de la vache enragée : un mari, une maison, des enfants et un chien. Depuis que nous avons adopté Sunny, il ne manque plus que les enfants.

5 août 2005. La cérémonie de mariage se déroule dans mon village d'enfance, au milieu de deux cents invités et d'une invasion de criquets. Renaud a tout prévu. Pendant des mois, il faisait des listes et des listes, pour les bouquets de fleurs, les boissons, la musique, les affinités des convives, les perles à ne pas oublier dans nos discours… C'est un mariage comme tant d'autres, sauf que nous chantons avec Hugues Aufray et que Michel Drucker passe de table en table en lançant des « Formidable ! » En ce qui me concerne, je n'avais pas fait de liste. J'aurais peut-être dû. Je n'ai pas invité mon père, craignant qu'il ne se sente pas à sa place ou que, pour ma mère, sa présence gâche la fête. Il n'en a rien dit mais il paraît qu'il m'en a beaucoup voulu. Moi aussi, je m'en suis voulu de m'être montrée aussi négligente qu'il l'a toujours été.

Pour notre voyage de noces, nous retournons en Italie et, à nouveau, c'est sublime. Dans la grosse voiture familiale qu'on a achetée pour le chien et l'enfant à venir, on flâne au gré des villages de Toscane et de Campanie. Renaud me fait rire en me provoquant, en faisant le clown. Bien que protestant, il fait le signe de croix dès que nous entrons dans une église, en se justifiant : « On ne sait jamais. » À Capri, nous marchons dans les pas de Michel Piccoli et Brigitte Bardot dans *Le Mépris*, sur un sentier entre ciel et mer au bout duquel se dresse la Villa Malaparte. L'avenir nous appartient. Nous sommes seuls au monde, dédiés à notre amour sans faille, bien décidés à croquer la vie et à foncer main dans la main vers cet horizon commun.

Parfois, entre une assiette de *linguine* et un *ristretto*, Renaud accouche d'une chanson pour mon deuxième album sur un coin de nappe en papier. Et il me questionne tous les jours pour savoir si j'ai arrêté de prendre la pilule. « Non, pas encore, ce n'est pas le bon moment… », je lui dis. « Ouais, mais c'est quand, le bon moment ? » Comme si, pour lui, il était aussi naturel de faire un enfant que de pondre une chanson. Au fond, ça l'est presque, puisque je tombe enceinte du premier coup. Et l'été suivant, un amour prénommé Malone surviendra pour illuminer mes jours et réchauffer à vie mon cœur effrayé par la crainte de mal faire.

J'aurais voulu vivre une grossesse de rêve, à la hauteur de ce que notre fils représente pour moi, mais je n'ai pas su assez profiter de ce moment. La petite fille déboussolée qui sommeille en moi s'est réveillée en sursaut pour chahuter mon instinct de mère. Gamine, j'ai parfois ressenti un manque d'affection, si bien qu'à présent j'ai peur que mon enfant ne m'aime pas. Quand il est dans mon ventre, je n'arrive pas à lui susurrer les mots tendres que toutes les mamans du monde chantonnent à leur progéniture. Je le tiens à distance comme s'il s'agissait d'un étranger. Secrètement, je rêve que ce soit un garçon. Si c'est une fille, je crains d'être un peu déçue, alors je n'ose pas me projeter. J'aimerais connaître son sexe pour pouvoir me rapprocher, l'imaginer et me familiariser avec lui. Dès que je saurai, c'est certain, je serai prête à offrir tout mon amour. Mais contrairement à moi, Renaud ne préfère pas connaître le sexe. C'est pour cette raison que nous décidons de l'appeler Malone : ce beau prénom convient aussi bien à une fille qu'à un garçon. Au final, je traverse neuf mois de tourments pour ce qui aurait dû constituer la plus belle aventure de ma vie.

Quand Malone est là, évidemment, toutes mes angoisses se volatilisent comme par magie. Notre lien indéfectible, charnel, s'établit dès qu'il se blottit contre moi, à sa première tétée. Désormais, je sais que rien ni personne ne pourra le rompre. Je suis prête à tout sacrifier pour protéger mon petit garçon, et c'est lui, avec son regard angélique de petit être sans défense, qui me donne de la force. Pendant neuf mois, je me suis sentie si vulnérable. Je ne voulais pas enquiquiner Renaud avec mes états d'âme alors que nos albums et tournées respectifs nous donnaient tant de travail. Je téléphone alors souvent à ma mère ou à ma sœur Marion pour reprendre des forces. Mes amis sont présents eux aussi, comme Sohel ou Gilles, qui a collaboré sur mon dernier album, et que Malone baptisera « Tonton » dès qu'il sera en âge de parler. Gilles s'est notamment fait connaître en tant que bassiste du groupe Il était une fois, à leur grande époque. C'est un ami fidèle qui nous rejoindra souvent en vacances dans le Sud ou à Londres.

Dans l'entourage pléthorique de Renaud, je me sens parfois toisée comme une intruse. Aux yeux de certains de ses potes de musique ou de débauche, je passe, au mieux, pour une gêneuse, au pire, pour une ennemie. Et pour ses légions d'admirateurs, je suis celle qui leur a volé le compagnon d'une vie. Du moins, c'est ce que je ressens. Une petite jalousie déstabilisante de leur part. À part Johnny, aucun chanteur n'est l'objet d'un tel culte. Très vite, je découvre que ses fans les plus acharnés se sont fait tatouer le prénom Malone dès l'annonce de sa naissance. C'est touchant, mais assez effrayant quand on y pense.

À cette époque, nous avons une maison de vacances dans le Sud, et Malone fait encore la sieste dans son couffin posé à l'ombre des platanes. Renaud a la gentillesse de céder aux attentes de ses légions de fidèles. Aux portes de notre maison, une vingtaine d'entre eux l'assiège pour une signature ou un cliché qu'ils encadreront comme une relique. C'est comme ça depuis trois générations : quoi qu'il chante, quoi qu'il fasse, les gens l'aiment. C'est merveilleux pour lui.

Je ne dévoilerai rien, ici, des souffrances qui le rongent et empoisonnent son existence. Il les a lui-même révélées dans son autobiographie parue en 2016. Certains démons remontent à l'enfant qu'il était, d'autres à la statue que des millions d'inconditionnels ont érigée à son effigie. Il peut se glisser goulûment dans l'adoration de son public mais, au fond, il n'est pas dupe de l'image et des valeurs rebelles qu'il véhicule depuis près d'un demi-siècle. L'homme que je connais peut se montrer d'un courage et d'une générosité sans bornes. Mais il a aussi ses contradictions et ses ambiguïtés. Chacun comble à sa façon ses abîmes intérieurs. Je suis bien placée pour le savoir. Quand il est désagréable avec moi, c'est pour se donner du courage face à un danger qui le dépasse. Et s'il mord, c'est qu'il a peur. Dans ces cas-là, je ne suis que le dégât collatéral de ses propres contradictions.

Avec sa personnalité de guingois, il a le chic pour alterner les périodes d'euphorie, où il déploie une activité frénétique, et les moments d'abattement et de noirceur la plus totale. Aux premiers pas de Malone, il est dans sa version survoltée et entraînante. Quand nous décidons de déménager de la rue Hallé, dans le 14e arrondissement, pour donner un cadre de vie plus adéquat à notre fils, nous plongeons dans un tourbillon de visites et de coups de foudre immobiliers. Il suffit qu'on mette les pieds quelque part pour que mon amoureux envisage de s'y poser. À Paris, en banlieue et même à l'étranger. « Je suis comme ça, moi : dès que je vais dans un endroit, j'achète un truc ! », plaisante-t-il. De fait, il ne plaisante pas. Pour preuve, il acquiert un riad très atypique en surplomb de la casbah de Tanger alors que nous visitions des amis.

Après de longues discussions pour trouver le meilleur endroit où installer notre famille, notre choix se porte sur l'Angleterre. À Londres, nous craquons pour une *mews* adorable au fond d'une impasse privée, dans le quartier de Clapham (South Chelsea). Le souci, c'est que Renaud peut se lasser d'un endroit aussi vite qu'il s'en est amouraché. Tanger devient un point de chute pour les vacances. En revanche, nous passons beaucoup plus de temps à Londres afin d'installer notre petite famille, nous envisageons même d'y inscrire Malone en maternelle. Nos balades interminables nous apportent un souffle de bonheur. La vie s'écoule tranquillement dans cette ville que j'aime tant, et nous y vivons heureux plusieurs années.

De retour en France nous jetons notre dévolu sur Meudon, ses ruelles et sentiers discrets et ses faux airs de village, très paisible et si proche de Paris. Renaud s'emballe pour une sorte de manoir aussi extravagant que mal foutu. De l'extérieur, on se croirait dans *Dallas*, avec des murs d'enceinte immenses, une façade blanche qui monte jusqu'au ciel et un observatoire construit dans l'une des deux tourelles qui encadrent la bâtisse. C'est vieillot, ça grince de partout, il faut passer par la cave pour accéder à un jardin pentu comme un toboggan et prévoir plusieurs mois de travaux. « Ça en jette au moins autant que chez Johnny ou chez Bruel, non ? », s'amuse-t-il à dire.

Il signe mais je ne valide pas vraiment, prévoyant les frais à venir pour réaménager cette maison. J'ai une semaine pour le convaincre de se rétracter. Nous recommençons les visites et, par chance, grâce à un ami commun, nous dégotons à Meudon la maison idéale pour notre petite famille, moins chère, plus grande, et avec beaucoup moins de travaux à faire. Un havre lumineux avec un terrain plat comme la main, une piscine, et même une boîte de nuit que nous pourrons transformer en studio d'enregistrement. Rien que ça. En l'état, c'est assez tape-à-l'œil, excessif, mais très agréable à vivre après la pose des parquets noirs qui couvriront le marbre clinquant. Surtout, la maison remplit le cahier des charges de Renaud, car elle comporte une pièce vaste comme un appartement pour y ranger par ordre alphabétique sa sacro-sainte collection de bandes dessinées. « C'est ça que je veux ! C'est ce qu'il nous faut ! Absolument. Appelle les autres pour leur dire que je n'achète plus », tranche-t-il. Pas de problème, je suis prête à m'engueuler avec la terre entière pour abriter notre bonheur où bon lui semble.

Printemps 2007. Premier bain en tenue d'Ève, dans notre piscine, à l'abri des regards. Jusqu'ici, tout va bien ou presque. *Rouge Sang*, le nouvel opus de Renaud, n'atteint pas les scores stratosphériques du précédent, mais il confirme une belle aventure artistique. On y retrouve *RS & RS*, l'une des six chansons de cet album qui me sont destinées. Clin d'œil de la vie, nous partageons les mêmes initiales. Pour lui, c'est une chanson à graver sur un CD pour l'éternité.

Nos noms réunis
Pour une chanson
Toi la mélodie
Et moi le crayon
L'encre de mes veines

Gravée sur l'alliance
De nos épousailles
La coïncidence
De nos initiales

Mon deuxième album, *Après la pluie*, sorti quelques mois plus tôt, est un peu notre deuxième enfant. Dès les prémices, il m'a demandé de laisser tomber les auteurs qui me proposaient des textes : « Tu refuses tout, j'écris tes textes et tu fais les musiques. » Ses paroles collent au plus près de ma peau. Il écrit *Pleure pas* en référence à mon avortement. *T'étais pas là*, en souvenir de mon père absent. *Nuits blanches*, à cause de mes insomnies dont il suit de près les tourments. J'avais envie de chanter sur ce thème si intense qui rythme mes nuits. *Après la pluie* évoque cette sensation de liberté que je ressens quand la terre est mouillée, les odeurs libérées, les lumières scintillant dans les flaques. J'aime le parallèle avec l'amour qu'il en a fait. *Nos différences* parlent avec humour de nous deux...

Une fois les chansons écrites, je passe des semaines en tête à tête avec ma guitare. Un jour, alors que je suis au volant, perdue dans mes pensées, il me lance : « T'es où quand tu dis rien ? » Je réponds en riant : « Waouh ! Ça ferait un super titre. » Il attrape un stylo, un papier : « OK, laisse-moi un quart d'heure... » Quelques kilomètres plus loin, sa voix caverneuse emplissait l'habitacle pour dévider les couplets parfaitement alignés.

T'es où quand tu dis rien ?
Est-ce que tu penses à quelqu'une, est-ce que tu penses à quelqu'un ?
Est-ce que tu es dans la lune, est-ce que tu n'es pas trop loin ?
T'es où quand tu dis rien ?
Est-ce que tu penses à nous et à nos lendemains ?
Est-ce que ton cœur est fou, toujours autant du mien ?

Comment pourrait-il en être autrement, avec cette sensibilité, ce talent ?

Elle restera ma chanson préférée.

11

Épais brouillard

Un épais brouillard
Noircit mon regard
Au radar
J'avais envie de naviguer
Laisser c'qui fait mal sur le quai
Dans ce brouillard
J'voudrais m'en sortir
Abolir mes pensées
Les jours heureux sont si loin de toi, de moi
On est plus deux, là tu m'effaces
J'vois dans tes yeux que t'es plus là comme autrefois
Reflets d'adieux dans la glace

Voilà pour la face A de notre amour. La face B, c'est quand on ne travaille pas ensemble. Quand, plutôt que de s'amuser comme des gamins ou de s'extasier devant les facéties de Malone, Renaud s'isole pendant des heures avec son ordinateur et son groupe Facebook, baptisé « le HLM », pour y retrouver ses admirateurs. La première fois que j'ai tiqué, c'est quand il y a publié la photo de mon test de grossesse, alors que ma propre mère ignorait encore que j'étais enceinte. Depuis, ça a pris des proportions hallucinantes.

De mon côté, je travaille sur mon troisième album avec Pete Glenister et suis heureuse qu'il fasse une fois de plus partie de l'aventure. Nous sommes sur la même longueur d'onde. Il est adorable et très professionnel. Je suis entre de bonnes mains. Cette fois, nous choisissons tous les deux de nous inspirer de sonorités kitch des années 1960. Une partie de cet album sera réalisé dans le studio de Pete à Londres et l'autre à Paris avec Gilles. Je compose et écris les paroles dans mon coin, seule ou en co-composition avec eux. Mon ami Jean Fauque se joint à nous et m'écrit deux textes magnifiques, tout comme Boris Bergman que j'adore. Pierre Grillet, Marc Estève et Pierre-Dominique Burgaud participeront également à l'aventure. Je suis heureuse de la belle équipe que nous formons. Ma petite sœur Lolita fera les photos de la pochette et du livret. Comme pour chaque album, je m'entoure des gens que j'aime.

Au moment de sa sortie, je comprends très vite que les journalistes ne s'intéressent qu'à mon histoire avec Renaud. Le travail de trois années entières est foulé aux pieds parce qu'ils préfèrent guetter les détails croustillants que je pourrais laisser échapper. Ma maison de disques me conseille de me « désidentifier », de m'imposer comme une artiste autonome qui mène sa carrière seule, et non comme la créature de Renaud. Je ne demande que ça ! Mais la presse ne joue pas le même jeu. Sous prétexte de m'interviewer sur l'album, elle cherche à alimenter les pages people à mes dépens, nie mon statut d'artiste pour me réduire à une « femme de », autant dire une ombre, un satellite. Cette injustice me pèse.

Renaud, quant à lui, tisse des liens toujours plus étroits avec ses fans. Une à deux fois par mois, il retrouve les plus fidèles autour d'un verre, enfin, de plusieurs. « On fait une bouteille », c'est le nom de code qu'il utilise pour donner ses rendez-vous au bistrot. Il prend des airs de comploteur. Son ordinateur le suit partout. Au restaurant, quand on dîne en tête à tête. Et même dans notre lit. Un soir, de rage, j'en casse un cendrier. Sur le moment, ça le calme. Mais il a bien d'autres façons de s'évader de notre routine familiale.

Un mois ou deux après notre installation à Meudon, il me dit : « Fais chier, c'est trop loin ! » Trop loin de quoi ? « De La Closerie ! » Patatras ! Je suis effondrée. Je trouve indécent de se plaindre de vivre ici, dans un palais, à quinze minutes en voiture de Montparnasse. De mon côté, je n'ai jamais été blasée. Tous les matins, je remercie la vie, tandis qu'il se terre dans son mal-être. Quel gâchis, alors que nous avons tout pour être heureux. Par bonheur, il l'est par moments. Il est raide dingue de son fils, il lui donne le bain, le change, l'habille avec toute sa fierté de papa gâteau. Il passe des heures à le filmer avec sa petite caméra. Il le suit partout. Chaque geste est un événement immortalisé sur pellicule. Je suis prête à accepter qu'il m'aime même un peu moins qu'au premier jour si c'est pour Malone, désormais, que ses yeux s'illuminent de ferveur. Mais c'est plus fort que lui. Ses fantômes le relancent comme de vieilles maîtresses. « Je vais à La Close ! » C'est son expression. Un jour par semaine. Puis deux, puis cinq, puis sept. Quand il rentre… C'est compliqué.

Pour le sauver, pour nous sauver, je suis prête à me battre de toutes mes forces. Je planque toutes les bouteilles à la maison, je vais voir des psys pour comprendre ce qui nous arrive. J'accepte de cohabiter avec ses névroses, qui transforment, parfois, notre quotidien en mauvais polar. Comme il l'a lui-même raconté dans son autobiographie, depuis près de trente ans, il se croit victime d'un complot de l'ex-bloc communiste et se persuade qu'on cherche à l'assassiner. Il n'y pense pas en permanence mais ça le prend par bouffée, et ça peut durer des semaines, des mois. Je peux endurer beaucoup, m'oublier, prendre sur moi pendant longtemps si je sais qu'un avenir meilleur est au bout du tunnel. Mais depuis un moment, malgré nos efforts, nous retombons immanquablement à la case départ, nuit après nuit, comme un refrain maudit.

J'essaye de lui faire un électrochoc, car il n'entend pas mes appels au secours, ne voit pas la détresse dans laquelle je m'enlise. Il faut qu'il se réveille. Notre petit garçon est plein de vie et a besoin de son papa. Or désormais, même lorsque Renaud est à la maison, il n'est pas avec nous. Plongé dans la morsure de ses songes, sa présence est lourde de tous ses silences. Heureusement, ma petite sœur Lolita, qui habite avec nous depuis un an, m'apporte de la joie et de la légèreté dans cet environnement plombé. J'apprends à mieux la connaître, l'apprécie de jour en jour, et notre complicité grandissante est d'autant plus essentielle pour moi qu'avec Renaud, au contraire, je partage de moins en moins de choses. Malgré notre enfant d'amour, nos métiers de rêve, notre belle maison.

Nous sommes dans l'impasse. Jouer le rôle de celle qui assure m'est devenu impossible. Je ne peux plus être le témoin impuissant de son jeu destructeur, alors que je suis empathique à m'en rendre malade. Aussi, notre petit garçon a besoin de sa maman énergique, joyeuse, attentionnée, disponible… Pour tenir ce rôle, je dois rendre les armes, renoncer à relever l'homme que j'aime.

C'est la fin d'un rêve, celui d'une famille soudée au-delà des épreuves, plus forte que tout. Mais ce n'est pas la fin de l'espoir. Car même dans les moments les plus douloureux, je sais désormais puiser en moi les ressources pour me relever.

L'instinct de survie, aiguisé par toutes mes expériences passées, reste le plus fort. Alors je sauve ma peau, celle de mon fils, et me prépare à tracer mon chemin. Sans homme à mes côtés.

12

En l'air

Regarde le fil
Sur lequel défilent
Tant de funambules aventureux
Moi je n'sais pas marcher dans la vie aussi droit qu'eux

Nous avions tout pour être heureux. Toutes les étoiles étaient alignées au-dessus de nos têtes pour faire notre bonheur, mais nous n'avons pas réussi à saisir notre chance.

Renaud a beaucoup compté pour moi. Nous avons eu une histoire passionnée, sincère, il m'a offert son cœur, une complicité créative, une famille, et ce qu'il y a pour moi de plus beau au monde : notre fils. Ensemble, nous avons partagé des moments de joie, de tristesse, de folie, de plénitude. J'ai vécu intensément à ses côtés, et le souvenir de ces années restera précieux dans mon cœur. Malgré tout, j'ai préféré clore ce chapitre pour que nous puissions tous continuer à vivre. Pour mon fils et pour moi, je dois apprendre à marcher seule.

Nous avons divorcé. Il n'y a pas eu de bataille déchirante, de pourparlers sanguinaires, d'interminables négociations d'avocats ; nous nous étions d'emblée accordés sur notre rupture. Une seule chose nous importait : le bonheur de notre fils. Entre nous, la guerre était finie.

Sur le terrain vierge de ma nouvelle vie où tout était à bâtir, il m'a fallu remplir cette page blanche et tracer au cordeau les contours de notre futur nid afin de nous y projeter, Malone et moi. Face à ce chantier qui s'annonçait compliqué, mon beau-père a gentiment proposé de m'aider, alors que je n'osais pas le lui demander. J'ai suivi ses précieux conseils à la lettre. Grâce à ce projet, nous nous sommes retrouvés, plus que jamais complices et soudés. Les odeurs de plâtre, de peinture, de mastic ont fait remonter en moi les souvenirs de nos maisons en perpétuelle construction... Tout cet univers m'était si familier.

Je mesure la chance que j'ai d'avoir mon beau-père près de moi. Son expérience, son attention et son esprit protecteur m'ont permis de mener à bien la construction de notre chez-nous. Je ne pouvais rêver meilleur maître d'œuvre. Je lui en suis infiniment reconnaissante.

C'est au rythme de cette construction que je me suis attelée à mon quatrième album *Pour te plaire*. Tous les matins, après avoir accompagné mon fils à l'école, j'enfourche mon vélo en direction du studio. Plongée dans mon travail, je dois parfois m'interrompre en pleine session d'enregistrement pour assister à des réunions de chantier improvisées. Le bruit assourdissant des marteaux remplace alors le son des guitares acoustiques… Pour m'épauler dans ce projet musical, je choisis comme d'habitude mon équipe, constituée de gens que j'estime et qui me connaissent bien, souvent des amis. Gilles fait encore partie de cette belle aventure. Je continue de puiser dans mon vécu les paroles de mes chansons. J'ai toujours procédé ainsi, et c'est ce fonctionnement convivial, à échelle humaine, qui me permet de créer des albums si personnels. Je ne cherche pas à coller absolument à la mode, mais à créer des chansons qui me ressemblent et qui me procurent de l'émotion, que j'espère partager. Malgré le tempo effréné de cette période, je me réserve des moments de calme pour rester investie dans chaque décibel de cet album, de la première note jouée sur ma guitare à la dernière étape de la production.

Mon album et la maison sont enfin terminés. Avec le recul, je me rends compte qu'aucune histoire d'amour n'a eu de place dans le chapitre de ces années-là. J'étais concentrée sur ma reconstruction, mon fils, mon travail et la conception de notre cocon. Ma vie sentimentale peut maintenant reprendre sa place. J'accueille l'avenir avec plus de sérénité, car j'ai réalisé un de mes rêves les plus chers : fonder une famille et avoir un enfant.

J'habite avec mon fils, une responsabilité qui me comble de bonheur, car je peux le voir grandir jour après jour. Je m'adapte à son rythme, travaille pendant qu'il dort ou qu'il est à l'école, et me consacre à lui le reste du temps. Je l'emmène en promenade chaque jour pour lui faire apprécier les beautés des parcs, des forêts et des champs. Je lui offre l'attention que je n'ai pas toujours reçue, et ce faisant, je le rapproche de la nature, qui a joué un si grand rôle dans mon enfance.

Les rentrées scolaires se succèdent, ses vêtements rapetissent et, avant que je ne m'en rende compte, mon fils est devenu un petit garçon plein de vie, avide de s'ouvrir au monde et à ses merveilles. Il se passionne pour la poterie, il fait du piano, de la batterie. Ensemble, nous composons des chansons dédiées à notre famille, et il en écrit les paroles. À travers ses yeux purs, tout est une découverte, un émerveillement. C'est lui qui me rappelle que le quotidien est tissé de petits miracles qui rendent la vie précieuse. J'apprends à connaître sa personnalité, je la vois littéralement prendre forme sous mes yeux, jour après jour, et cela me bouleverse. Malone est celui qui m'insuffle une vie nouvelle et, grâce à lui, pour lui, je ne cède jamais au découragement. Et justement, il me faut du courage pour mener de front cette double vie de mère et d'artiste indépendante.

Mes efforts sont récompensés, car à sa sortie, en 2018, *Pour te plaire* reçoit un très bel accueil. J'en suis très heureuse car je le dois à ma ténacité et au travail de tous ceux qui m'entourent. Cela n'a pas toujours été facile, car, comme beaucoup d'autres professionnels, j'ai dû m'accoutumer aux transformations du monde de la musique ces vingt dernières années. Les ventes de disques ont chuté tandis que les plate-formes de *streaming* se sont imposées. Je me suis alors adaptée, réinventée. Par exemple, grâce au QR code présent sur la couverture et à la fin du sommaire, je suis heureuse de pouvoir partager les chansons qui ouvrent chaque chapitre et mon univers musical. J'apprivoise aussi les nouveaux modes de communication qu'offrent les réseaux sociaux. J'apprends à m'en servir et découvre, grâce à eux, toutes ces personnes qui me soutiennent et m'encouragent. Je prends un immense plaisir à échanger personnellement avec elles. Je n'imaginais pas une seule seconde que ces échanges les toucheraient autant et qu'elles me donneraient autant d'amour en retour. Cette relation est privilégiée, j'en ai conscience, et je la chéris du fond du cœur.

Aujourd'hui, je me réalise totalement en tant qu'auteure, compositrice et interprète, mais je dois encore combattre une injustice qui m'est souvent faite : attribuer ma carrière à Renaud. Est-ce le prix à payer pour avoir été une « femme de » ? Être identifiée à un homme sous prétexte qu'il est connu, adoré, adulé, est extrêmement réducteur, et même si j'essaye d'en faire abstraction, ce n'est pas toujours simple. Tout le monde mérite d'être respecté pour ce qu'il est en tant qu'individu. En réalité, peu importent les personnes avec qui j'ai été, ou celles que j'ai aimées. Cela ne m'empêchera pas d'avancer et de me concentrer sur mon travail.

Ma vie est intense, elle l'a été, elle l'est toujours et je suis certaine qu'elle le restera. J'ai la chance d'être bien entourée, et je suis heureuse de ma vie.

13

Choisir c'est renoncer

Les yeux clos
Crescendo
Se déroule le film de mes années passées
À tracer ma destinée
Choisir c'est renoncer

Longtemps, je me suis sentie incomplète, « pas finie ».

La confiance en moi, ce sésame, ne m'a pas été donnée au berceau par une de ces bonnes fées qui honorent certaines familles. Ce que je possède aujourd'hui d'estime personnelle, je l'ai acquis en me confrontant à la vie. Je n'ai pas été modelée dans la glaise tendre de l'enfance, mais forgée au fil des ans, au gré des apprentissages et des rencontres. Je me suis cognée parfois, émerveillée souvent. En autodidacte, j'ai appris à chanter, composer, aimer. J'étais – et je suis toujours – un électron libre, un bourgeon rêvant d'éclore et de s'envoler, animé par une formidable rage de vivre.

Actuellement, je travaille à mon cinquième album avec plus d'implication que jamais. Et si composer, écrire des paroles et me réaliser à travers la musique constituent ma passion, je redécouvre aussi le plaisir de la comédie. Celui de me laisser habiter par un rôle, de me glisser dans un personnage, d'incarner un texte. Lorsque je joue, je lâche prise, je suis dans l'instant présent, dans l'échange immédiat avec mes partenaires de jeu. C'est une approche qui me correspond : artistique, intense et joyeuse. Pour moi qui, en studio comme à la maison, assume de nombreuses responsabilités sans m'autoriser à me reposer sur personne, cet exercice est salutaire. Il soulage la Superwoman que j'essaye d'être et me plonge dans un autre univers que le mien. Je m'exfiltre alors de ma vie.

En tant que mère, je suis très présente, extrêmement attentive à ce que vit mon fils. C'est lui qui, chaque jour, m'aide à comprendre la véritable nature de l'amour, mieux que n'importe quel homme ne l'a jamais fait.

J'ai à cœur de lui offrir un quotidien équilibré, tout en ayant parfois du mal à respecter mes propres principes d'éducation : être là pour lui, le stimuler, le rassurer, mais savoir aussi lui laisser assez d'espace pour qu'il se construise seul. Désormais, il amorce l'adolescence avec confiance, et je sens que, jour après jour, imperceptiblement, il s'affirme. Et c'est très bien. J'ai lu trop de livres de psychologie pour ne pas être consciente de ses besoins d'indépendance et d'individualité. C'est un vrai défi pour mon âme de mère poule, mais je le laisse vivre sa vie et lâche prise en constatant que je peux lui faire confiance. Je prends plaisir à voir ses ailes se déployer, sa personnalité s'affirmer, ses goûts se préciser. Je respecte ces changements et m'amuse secrètement de le découvrir si consciencieux et respectueux des règles : rien à voir avec sa mère rebelle et allergique aux institutions ! Je ne suis pas un modèle. Malgré tout, son caractère doux et aimant, son esprit intègre et curieux de tout me confortent dans l'idée que je ne me débrouille pas si mal.

Bien sûr, je ne suis pas la seule à l'accompagner : Renaud est toujours présent pour Malone. Même s'il habite une grande partie de l'année dans le Sud de la France à plus de sept cents kilomètres de chez nous, ils s'appellent tous les jours pour se donner des nouvelles. Renaud répond à ses questionnements de jeune garçon. Ils mènent des vraies discussions de petits mecs, tous les deux ! Malgré notre séparation, Renaud et moi sommes restés proches, en très bons termes. C'est une priorité pour moi que Malone puisse être avec son père aussi souvent que possible, et nous passons régulièrement des vacances en famille. C'est une chance merveilleuse. Les voir ensemble me rend heureuse et m'attendrit. Surtout quand Malone prend la main de son père… Je les trouve si touchants.

À sa façon, Malone me refamiliarise avec les hommes. J'ai grandi entourée de demi-sœurs et de copines, je n'ai pas eu de frère, mais deux figures paternelles plutôt compliquées. Je n'imaginais pas comment un petit garçon pouvait vivre sa croissance, jusqu'à l'âge adulte. De mon point de vue, les hommes ont toujours incarné l'altérité, un continent inconnu qui m'intriguait. J'ai appris à les défier, les tenir à distance, parfois les séduire, travailler avec eux, les fuir. Jamais je ne me suis sentie faite du même bois. Avec mon fils, la chair de ma chair, la compréhension est naturelle, et l'amour, une évidence.

Grâce à lui, je pose sur les hommes un regard plus tendre, j'arrive à comprendre qu'ils ne naissent pas d'un bloc, forts et assurés, et que derrière un mec fier et viril se cache souvent un petit garçon impatient et mauvais joueur. J'ai aussi compris que l'amour pouvait être inconditionnel, généreux, tourné vers l'épanouissement de l'autre, pas seulement vers le sien propre. Cela colore mon avenir d'un espoir lumineux.

Vivre un amour pur, inconditionnel, n'a jamais été une évidence, pour moi. Dès que je croyais l'atteindre, il m'échappait, me laissant à terre, exsangue. J'ai tant d'amour à donner que j'en ai versé sans prudence sur des cœurs secs, impénétrables, ou jamais rassasiés. Des cœurs parfois venimeux, toxiques.

À défaut de combler ce vide, les hommes de ma vie m'ont façonnée, chacun à leur manière. À mon père, je dois ma soif d'amour. À mon beau-père, mon caractère. À Patrice, mon âme de sauveuse. À Tony, ma première nuit en taule. À John, ma culture musicale. À Bernard, ma culture littéraire. À Renaud, mon fils adoré. À Malone, le sens de ma vie.

La tentation de me laisser porter, de ne plus gérer seule mes responsabilités, m'a rendue parfois vulnérable. Bien sûr, il y a eu des rechutes, certaines douloureuses, brutales. On n'échappe pas du jour au lendemain aux schémas qui marquent nos vies. Ils peuvent nous faire sombrer si on tombe sur les mauvaises personnes et, moi-même, je ne suis pas passée loin du désastre. Mais j'apprends de mes erreurs. Au fil des ans, j'aiguise mon instinct et cimente mon indépendance, en puisant dans mes propres ressources. Je ne laisse plus n'importe qui entrer dans mon existence et m'assure qu'on s'attache à moi pour de bonnes raisons.

Désormais, je prends garde à ce que mes relations ne soient pas exposées dans la presse, je préserve cette intimité qui m'est aujourd'hui si précieuse.

Confinée en écrivant ce livre, je réalise à quel point je suis reconnaissante d'avoir vécu une enfance singulière, sauvage. Au fil des ans, j'ai construit une relation authentique avec ma famille, ma mère, mes sœurs, et je garde pour la plupart des hommes croisés sur ma route une tendresse immuable. Me dévoiler par écrit avec autant de sincérité me permet de poser un regard serein sur mon existence, de mieux comprendre mon passé et de construire mon futur. Cet état des lieux semble tourner définitivement la page d'une partie de ma vie. Mon histoire a pris forme, celle de mes parents s'est dévoilée, et je m'autorise à accepter et à pardonner. Maintenant, je peux me concentrer, l'esprit apaisé, sur cette feuille blanche, vierge et sans ratures qu'est l'avenir. J'ai encore des milliers de choses à découvrir, au gré des occasions, des rencontres, là où me portent mes désirs que j'ai appris peu à peu à exprimer. J'ai encore de beaux souvenirs à créer avec mes proches, Malone, et l'homme qui remplit mon cœur aujourd'hui. J'ai foi en l'avenir.

Je ne suis ni un garçon manqué, ni un trophée au bras d'un homme, ni même « l'ex de ». Je suis une artiste accomplie. Une mère comblée. Une femme libre.

À la vie à l'amour…

Remerciements

Merci à l'adorable équipe d'HarperCollins, Sabrina Arab, Alexane Lepoan, Mathieu Johann, mais aussi à Henri Haget et Pauline Bonnefoi.

Merci à Aurélie Garat, Annie Nungan, Gilles Doueïb, Sohel Tir et David Séchan pour leurs conseils avisés.

Merci à Stéphane Loisy qui a fait naître ce projet.

Un immense merci à Loïc Pourageaux pour son soutien indéfectible, ses idées et toutes ces heures passées à parler, lire et relire ce livre.

Merci aussi à ma grande sœur Marion que j'aime tant. Elle a été la première à m'avoir encouragée en lisant l'ébauche de cette aventure, et ce toujours avec complicité, recul et bienveillance.

Merci à ma famille, ma mère, ma petite sœur Lolita, mon père et mon beau-père.

Merci à mon éternel Renaud d'avoir validé avec joie les quelques passages le concernant et d'avoir lu avec curiosité des parties de ma vie qu'il ne connaissait pas nécessairement.

Merci particulièrement à mon fils d'être ce qu'il est : doux, tranquille et imperturbable.

Merci aussi à toutes les personnes qui se trouvent dans les pages de ce livre et qui m'ont fait réaliser combien la vie pouvait être belle… ou horrible (c'est selon) mais, quoi qu'il en soit, palpitante.

Merci à toutes les personnes qui ont croisé mon chemin et que je n'ai pas pu citer.

Enfin, merci à vous, chers lecteurs. Je suis honorée d'avoir partagé avec vous ces instants de vie, qui, je l'espère, vous auront offert un agréable moment de lecture.

Crédits

1. *Mon envers de moi*
Paroles : Jean Fauque
Musique : Alain Lanty
Éditeur : Sony/ATV Music
2004

2. *Ailleurs*
Paroles : Gilles Douieb/Romane Serda
Musique : Peter Glenister/Romane Serda
Éditeur : Bug Music Ltd/Romane Serda
2011

3. *Mon carnet de velours*
Paroles : Renaud
Musique : Romane Serda
Éditeur : Ceci cela
2004

4. *Mauvaises résolutions*
Paroles : Romane Serda
Musique : Gilles Douieb/Romane Serda
Éditeur : Romane Serda
2018

5. *J'ai croqué la pomme*
Paroles : Pierre-Dominique Burgaud
Musique : Peter Glenister/Denis Lew/Romane Serda
Éditeur : pierre&eau/Bug Music Ltd/Romane Serda
2011

6. *Déséquilibre*
Paroles : Cécile Gabrié
Musique : MEO (Frédéric Pierrez)/Romane Serda
Éditeur : Because Music/Romane Serda
2018

7. *Idylle à Piccadilly*
Paroles : Jean Fauque
Musique : Nayo/Peter Glenister
Éditeur : Sony/ATV Music/Bug Music Ltd/Romane Serda
2011

8. *J'l'ai dans l'cœur*
Paroles : Marc Estève
Musique : Gilles Douieb/Romane Serda
Éditeur : Sony/ATV Music/Romane Serda
2011

9. *Pour te plaire*
Paroles : Romane Serda
Musique : Gilles Douieb/Jon Klein/Romane Serda
Éditeur : Romane Serda
2018

10. *Je serai ton écho*
Paroles : Boris Bergman
Musique : Sorel/Romane Serda
Éditeur : Because Music/Romane Serda
2018

11. *Épais brouillard*
Paroles : Gilles Douieb/Romane Serda
Musique : Gilles Douieb/Romane Serda
Éditeur : Romane Serda
2018

12. *En l'air*
Paroles : Vicken Sayrin
Musique : Quentin Bécognée/Romane Serda
Éditeur : Because Music/Romane Serda
2018

13. *Choisir c'est renoncer*
Paroles : Gilles Douieb/Romane Serda
Musique : Gilles douieb/Romane Serda
Éditeur : Romane Serda
2018

Composé et édité par HarperCollins France.

Achevé d'imprimer en septembre 2020.

CPI
FIRMIN-DIDOT

à Mesnil-sur-l'Estrée (Eure)

Dépôt légal : octobre 2020.

Pour limiter l'empreinte environnementale de ses livres, HarperCollins France s'engage à n'utiliser que du papier fabriqué à partir de bois provenant de forêts gérées durablement et de manière responsable.

Imprimé en France